情绪认知

在复杂的世界里，
做个明白人

尹惟楚 著

百花洲文艺出版社
BAIHUAZHOU LITERATURE AND ART PRESS

图书在版编目（CIP）数据

情绪认知：在复杂的世界里，做个明白人 / 尹惟楚著.
-- 南昌：百花洲文艺出版社，2019.1（2023.11重印）
ISBN 978-7-5500-3158-6

Ⅰ．①情… Ⅱ．①尹… Ⅲ．①随笔－作品集－中国－
当代 Ⅳ．① I267.1

中国版本图书馆CIP数据核字（2018）第 290486 号

情绪认知：在复杂的世界里，做个明白人
尹惟楚　著

策划编辑　许鸿琴
责任编辑　胡青松
封面设计　门乃婷工作室
出版发行　百花洲文艺出版社
社　　址　南昌市红谷滩区世贸路 898 号博能中心 A 座 20 楼
邮　　编　330038
经　　销　全国新华书店
印　　刷　三河市华东印刷有限公司
开　　本　880 mm×1230 mm　1/32
印　　张　9.5
版　　次　2019 年 1 月第 1 版　2023 年 11 月第 2 次印刷
字　　数　200 千字
书　　号　ISBN 978-7-5500-3158-6
定　　价　45.00 元

赣版权登字 05-2018-533

邮购联系　0791-86895108
网　　址　http://www.bhzwy.com
图书若有印装错误，影响阅读，可向承印厂联系调换。

曾经旁人给我最多的评价，就是过得太随性。

　　学生时代，明明自己喜欢文科，但分科的时候选择了理科，大学又是一头扎进了工科。

　　步入社会的第一年换了四份工作，短的二十几天，长的也不过三个月。

　　我把原因都归咎于曾经的选择，选了错误的专业，排斥任何与之相关的工作。这样也算是为自己找了一个合适的理由。

　　现在想来，与其说随性，倒不如直接说自己活得不够明白。

　　高中分科的时候，我从未想过自己喜欢什么，便直接做了一个随大流的选择。上大学的时候，脑子里充斥的都是从高中解放后的兴奋，却从未思考过专业与职业发展的关系。

　　最后选择工作的时候，依旧秉着专业对口的思想，没有任何跨专业的意识与勇气。所以在后来很长一段时间里，对于眼下的工作，自己总是在抗拒与不得不接受的状态中备受煎熬。

仿若一只跳入了沙坑里的鱼，一边哀怨，一边等死。

那时候，我从未想过如何去改变，或者说潜意识里没有意识到改变也是一种选择。

我想的是如果因去做自己喜欢的事情而放弃专业，那大学几年的意义是什么，父母会作出何种反应，而且万一转型不成，旁人会怎么看……在各种顾虑中越想越泄气。

其实，这种状况不是发生在我身上的特有现象，而是当下整个社会的缩影。这个世界活不明白的人终究占据了绝大部分。

大家总是陷入各种烦恼，情感也好，生活也罢。

写文以来，我听过无数人吐露自己的情绪：有爱而不得的痛苦，有拼而无获的失望，有不知选择的踟蹰，有无力改变的悲哀。

但是听多了后我发现，除了很多确实无法人为改变的客观事实外，绝大部分人的烦恼与痛苦其实更多的是源于自身对事物的理解、对周围环境的认知。

我们总是将自己置身于庞大的人群里，却很少去探究过自己的内心；思维狭隘但又想得太多，情绪也总是被环境左右。

有人苦恼于复杂的交际，宁愿不断地降低自己的原则，也要屈从于别人的感受，最终在左右逢源里迷失了自己。

有人陷入一段错误的感情，放弃觉得不舍，继续拥抱又觉得疼痛，在不知如何选择的徘徊中备受煎熬。

有人跌倒于人生的某个节点，在牢笼里左冲右突，可精疲力竭后仍是困于原地。

罗曼·罗兰说，世界上只有一种英雄主义，就是在发现了生活的真相后依然热爱生活。

可很多人其实根本连生活的真相都没发现，他们感受到的只是一种囿于自身眼界与格局、自我捆绑后的残酷。生活的真相，需要我们跳脱到环境之外，不断放大自己的心灵边界，探索自己到底想要什么，从而构建出属于自己的三观。

唯一令人觉得安慰的是生活对所有人都一视同仁，它不会因为你的逃避而变好，也不会因为你的愤世嫉俗而变坏。

我们总是刚从泥泞中爬起，立马又陷入另外一片沼泽。但为了让生活看起来更好一点，我们又不得不将自己置身于世界的滚滚洪流里。

而人生的艰难，并不仅仅在于艰难本身，更让人痛苦的是它从来都不做标准的减法，不会因为你年岁的增长、阅历的叠加而逐渐减少。它更像一只蓄势待发的野兽，在每一个你毫无防备的瞬间突然出现，给予你沉重一击。

所以开始的时候我们歇斯底里，而经历多了之后又干脆选择了随波逐流。

但人生真的不应该是这样的。

有一种人，他们和我们一样，同样承受着朝九晚五的苟且，同样面临着世事无常的变幻。但他们活得明白，在嘈杂中追求理想，在迷乱中寻找皈依。他们清楚地知道自己想要什么，不被外界干扰，不为环境所困。

就像行驶在暴风雨中的列车，沿着自己的轨道一往无前。

生活中的那些明白人，肯定是拥有较高认知以及较强执行力的人，因为这不仅需要一种智慧，更需要一种勇气。

他们坚持自己的选择，捍卫自己的原则。这种执着可能不合群，甚至不为身边的亲人朋友所理解，却能丰沛自己往后的漫长人生。

于我们绝大部分人而言，不为世界改变便是一种伟大的胜利。

愿你可以成为这样一个人：在喧嚣的人群中有独立的思想，有自己的准则，在复杂的世界里活得明白，不变初心。

目 录

四 // 好的爱情需要等待，更需要努力

六 // 你到底为什么要结婚

七 // 努力得到的都不是侥幸

—— // 你的情绪里，藏着你的人生

很多时候，你的行为，决定你的人际；

你的人际，决定你的运气。

你的情绪里，藏着你的人生

1

网上曾有一则"高铁上女子怒斥吃泡面"的视频燃爆网络。

一个男士在高铁车厢内吃泡面的时候，遭到同车厢另一位女士的言语阻止。劝阻无效后，这位女士转为大声斥责。画面中女子言语激烈，伴随夸张的肢体动作，并多次以"高铁上禁止吃泡面""没有公德心"等言辞怒斥对方。视频发出后，立刻引发了网络热论。

对于当事男士吃泡面的行为，有些人觉得不妥。但更多人却将枪口对向女子，一致谴责她在公共场所情绪失控，影响他人。

事实上，相关部门从未有过"高铁上禁止吃泡面"的规定。相反，女子这种在公共场所大声喧哗的行为，则涉嫌违反公共场所治安管理的相关条例。

事后女子解释，因为自己孩子对泡面气味过敏，而且最开始亦有过言语劝阻。

其实，姑且不论对错，单就女子这种在公共场所劝阻无效后恼羞成怒的行为，可以看出她缺乏一种最基本的情绪管理能力。

对她的孩子来说，由此引发的后续事件，比泡面气味带来的负面影响大很多。同样不难推断，她的生活与事业必然也因为自身的情绪放纵而变得困难重重。

一个无法控制自身情绪的人，遇到负面事件时，对外界与旁人往往容易行为激进，因而在人际交往中将自己陷于孤立。

而在群体社会里，人际资源所占据的分量举足轻重，甚至足以影响到整个人生。

2

心理学上有一个词叫作情绪效应，即一个人的情绪状态可以影响到旁人对他今后的评价。

很多人有渊博的学识，有过硬的专业能力，却因为情绪管理能力的缺失，造就了自己恶劣的交际环境，一手好牌最后却被打得一团糟。

这样的事例，在我们生活中比比皆是。

曾有读者向我大吐苦水，她说感觉人生一片灰暗。

那段时间，部门领导刚好离职，位置便空了下来。她和另外一个同事被公司选择待定竞争。本以为胜券在握，结果却有些出乎她意料。

明明自己资历最老，业务能力也不差，却在最后一项同事考核中败下阵来。领导更是委婉地表示，她的升职可能会影响到整个团队的化学反应。

这让她觉得很受伤。

事实上，周围很多同事都是她一手带出来的。只是她脾气非常不好，很容易将个人情绪带到工作中，在与同事工作接触时要么冷漠消极，要么言行激烈，稍有不顺便恶言相向。

趋利避害是人类的原始本能，谁都不愿意为别人的坏情绪买单。当旁人经历过你的"情绪失控"后，自然也就给你打上了不好相处的标签。

后果便是你在生活中形单影只，在事业上孤军奋战；遭遇困难时，多是落井下石者，少有雪中送炭人。

平时大家既碍于她的资历，又顾及同事关系，只在背后表达不满，表面上选择敬而远之。

她也是不以为意，反正大家靠业绩吃饭。直到此次升职事件，同事们不假思索地把票投给了更好相处的另一个同事。

自身情绪管理能力的缺失，不但影响到她的人际交往，此时更是成为阻碍她事业上升的最大因素。

3

我和她说："以后在生活与工作的日常交际中，或许你应该尝试改变一下自己。"

她说："这就是我的性格啊，难道还要我刻意去讨好他们？"

我说："不是要你改变全部性格，更不是要你矮化自己的人格，而是要你学会最基本的情绪管理。一个人可以有性格，但不能放纵自己的情绪，更不能因为自己的主观情绪而伤害到别人。"

事实上，性格是一个囊括了好与坏的中性词。放大自己性格里正面积极的部分，能够大大提升自身的人格魅力，从而为自己赢得更好的交际环境。

而生活中那些散发人格魅力的人，通常都具备高超的情绪管理能力。

大鱼是我在工作上见过的最具人格魅力的人。

那时候，他负责带我们几个新人，年纪比我们大几岁，却经常和我们打成一片。而在工作上他又很有原则，也从来不容许我们敷衍，我们做错了事他也会指正批评。

但他从来都是就事论事，不会将主观情绪带入工作，遇到问题时更是能调节情绪，分清孰轻孰重。

有一次，我们几个新人负责的项目在最后核算的时候发现了一个致命错误，这个错误足以让工作推倒重来。可第二天上午我们就要把资料送过去参加评审，对此大家都心怀忐忑。可就在我们反映后，却没有预想中劈天盖地的臭骂。大鱼反而是安慰了我们几句，然后带着我们熬通宵改图核算，最后把事情完美解决。

尽管我已离开行业多年，与从前的同事也都失去了交集，但和大鱼却一直都有联系。

同样我也获知，此时的他已在业内某个顶级公司担任举足轻重的职位，前景一片光明。

4

有句话说得好，爱笑的人，运气都不会太差。

其实把这句话反过来理解更好，好运气通常都喜欢垂青于那些善于控制自己情绪的人。-

与身高长相不同，也与学识才能无关。很多时候，爱笑其实就是一种高超的情绪管理能力。

生活中，我们每个人都会遇到各种难题，总会在心里滋生出失落、焦虑、愤怒等消极情绪。

有些人会将这种情绪带到工作与生活中，甚至直接转化为对环境的极度不满，言行举止都让旁人感到无所适从。

　　带来的后果便是旁人的主动疏远，无形地将自己陷于糟糕的交际环境中，生活与工作也会变得频频受阻。两者互相刺激，最终陷入一种越发消极的恶性循环里。

　　这样的生活方式，自然造就了自己举步维艰的人生。

　　而那些懂得控制情绪的人，面对突发状况产生的负面刺激时，知道及时调整心态，将负面思绪消化在自我调节里，不让主观情绪影响到自己与外界的交往，从容淡定地面对周围的人和事物。

　　这样就为自己构建出了一个优质的交际环境：有机会别人愿意给，有困难旁人愿意帮。

　　这样的人自然会被生活温柔以待，赢得自己更好的人生。

　　很多时候，你的行为决定你的人际，你的人际决定你的运气。

　　你的情绪里，藏着你今后的人生。

不联系，不代表我不在乎你

小时候，看一些武侠剧，最能撩动我情绪的，从来不是快马豪情纵意江湖时的刀光剑影，而是天高水远久别重逢后的相视一笑。

曾经一起出生入死的挚友，功成名就后各栖天涯，几十年后相见于黄沙原野，隔着几十步轻吐一句："好久不见。"

每当看到这种场景，我都会觉得特别有代入感。

同样我越来越发现，似乎有些友谊，真的不是维系于经常联系。

1

以前在朋友圈做过一个调查。

在朋友关系中，你会以主动联系或者经常联系来衡量一段友情吗？

大部分人表示不会。

我在想，说不会的人大抵都是不主动的吧，没有付出过所以才会如此笃定，直到一个读者回复：不会，因为我就是主动的那个人。

她说："虽然我们很少联系，而且每次都是我主动，但只要两人到了一起，立马就会有说不完的话。我主动，可我一点心理负担也没有。相反，我比较没心没肺，什么事情都不放在心上。而她则比较心细，她会记得她在意的人、在意的事，她会记得我的生日，我的生理期，记得我和她说过的每一件事情。"

其实吧，好的友谊真的不会因为长时间的不联系而变淡，也不会因为谁先主动而出现隔阂，因为那份默契早已根植在了心底。一个人主动联系是因为生来比较热情，而对方对网络社交比较冷淡，这些都只是天性使然。

2

前年，我身体有恙在家休养，有天很无聊，顺手发了一条和身体相关的动态。

不一会儿，下面出现了一条评论，关心地问我怎么了。

那是一个很陌生的头像，点开资料栏才发现是一个许久未曾联系的好友，我回了他一句："没怎么，随便发的。"

十几分钟后，我接到了他的电话，我还没来得及思索他如何知道我这个新号码，他便急切地询问我的状况。我简单和他讲述了一下，他表示有时间就来看我。

挂断电话后，我有些诧异，也有些感动，但也只将这当成一种友谊的客气。可没想到双休的时候，他真的从千里之外的城市赶了过来。

我们两人曾是很好的朋友，曾经在一起干过不少坏事，被老师称为狼和狈。我第一年高考失败复读，他经常给我打电话，唾沫横飞地描绘大学的美好，以此激励我努力学习。

仔细想想，我和他已有近三年未见，平时也基本没有联系。曾经我一度因为两人感情的生疏而暗自感慨，想着这是成长的必然，便也释怀。

我说："有个电话就行了，费这个劲干什么。"

他说："有些人，虽然各自忙碌，但并不代表就忘记了彼此。"

3

网上有一个很有趣的段子：

每当别人给我发消息的时候，我都在心里用意念回复了，但事实是压根没有回复，所以身边的朋友越来越少。

很好笑，但对我来说又觉得很真实。仔细想来，我就是那个不主动，也不喜欢经常联系的人。

好友给我发消息，也许我当时看到了，但如果不是很重要的事情，而我当时又正好在忙碌，我都会先放在一边。可等忙完后又直接忘了，下次再看见的时候又觉得已经没有了回复的必要。

换位思考，自己的这种行为肯定很令人抓狂。可我真的不是一个喜欢经常联系的人，我可以与人面对面相谈甚欢，但却对于这种维系于网络的交流方式有着天然的排斥。

同学、朋友眼中的我，一年到头都不会发朋友圈，也基本不在同学群里聊天。但我记得好友们每一个人的爱好，记得我们一起做过的每一件事情。

上次和几个同学逛母校，每走到一个地方，我都能迅速地说出我们曾经在那个地方做过的趣事，当时都有哪些人，大家都说了什么。

我不喜欢联系，一如我习惯将感情置放在心底。

4

曾有人问我："你觉得最好的友情该是什么样子？"

我说："大概就是我给他发完消息后，从来不会因为他回复与否而有情绪波动。他给我发消息，我也不用因为忘记回复而觉得抱歉不安。"

现在便利发达的网络通信拉近了人与人之间的距离，但同时也不得不承认，它在很多时候也让交流成了一种负担。

别人给你发来一段消息，尽管无关紧要，但你要为此停下手中的工作，因为你担心如果怠慢或者忘记回复，就会让彼此的关系出现间隙。更有甚者直接用秒回来衡量彼此的关系。

仔细想想，这难道不是因为我们内心越来越缺失，急于寻求一种存在感，害怕被忽视，害怕被遗忘的一种表现吗？

正如你害怕冷落别人，你同样害怕自己被别人冷落。

这样的关系，很累，不是吗？

成长的一个重要标志，便是越来越接受人生而孤独这一事实。

每个人都有自己独有的生活方式，正如有人喜欢吃香菜，有人喜欢吃芹菜，再好的两个人都无法做到频率一致。我不联系你，不仅是因为我不喜欢屏幕交流，更因为我觉得你过得很好，并不需要打扰。

我们不常联系，但真的不代表我不在乎你，我留恋每一次现实里的重逢，也记得你每一次离别时的叮咛。

我不想做你纵意狂欢时的酒友，只愿成为你困陷黑暗时的明灯。

你都不懂得拒绝，又哪来真正的朋友

1

前段时间，我和表弟一起吃饭。

中途的时候，表弟的电话响了。从表弟脸上的表情以及说话的语气来看，应该是同学需要他帮忙，但很明显他又十分不乐意。

果然，一挂断电话，表弟就开始吐槽起来。

打电话的是表弟的室友，大学一直在外面做兼职，所以一碰到学校有什么小事情，就会打电话托他们帮忙解决。刚给表弟打电话便是因为有一份报告要提交给辅导员，所以要表弟帮他去跑一趟。

我说："你为什么不直接说自己有事，然后予以拒绝啊？"

他说："我们既是同学，又是室友，这样一点小事都拒绝，那多伤感情。"

我不觉有些好笑，道："你这样不情不愿地答应人家，才是真正的伤感情。"

表弟睁大眼睛看着我，说："哥，你还真说对了，我帮他真不算少，但是在寝室，我反而感觉他和其他两个人相处得更亲密。"

我说："很正常啊，你虽然答应了人家，但全世界都听出了你那不耐烦的语气，对方肯定知道你不乐意。但你的应允让别人又不好意思再谢绝你的帮助。"

表弟若有所思。最后在我的建议下，表弟给室友回了个电话，表示现在自己走不开，对方很愉快地表示理解。后来，他的室友又找了其他同学帮忙，事情很快就解决了。

其实很多时候，拒绝一点也不可怕，可怕的是你不懂得拒绝。

2

曾经有一同事阿良，平时在公司谁需要帮忙，只要通知他，他都会搭个手。按理说这样的人应该很受同事的认可与欢迎，但恰恰相反，每当其他人谈起他的时候，都会暗自摇头，而他在公司里的同事关系也比较边缘化。

其实原因很简单，他这个人不懂得拒绝。有些事情他明明很不乐意，但又总是碍于人情应承下来，所以留给对方的感觉就很勉强。

上星期，一个同事突然满脸疑惑地问我们："阿良是不是对我有意见啊？"

众人纷纷追问原因。

他说："我要他中午去项目部的时候，顺便帮我带份资料过去，感觉他很不愉快。"

其实今天早晨的时候，总工临时决定要阿良去甲方那边，而项目部和甲方虽然在同一个方向,但毕竟还是有十来分钟的路程。

同事说："我也不知道临时有变啊，他为什么不直接告诉我？"

我说："你为什么不找我啊？我下午会去项目部。"

同事委屈地说："我知道你下午去，可我哪想这么多，又不是多大的事情，他直接和我说一句不就行了。"

有些时候，当别人在向你寻求帮助的时候，其实你是有选择权的，你完全可以依据自己的意愿和当时的情况作出反应，哪怕是拒绝。

也许你觉得难为情，可在对方眼里，那才是最真诚的回应。

3

2015 年上半年，我报了某个专业职称的考试。

由于基础较差，且时间紧迫，我不得不花费大量的精力放在复习上，甚至给自己制定了一个详细的复习时间表，每天都是公司住所两点一线。

恰好那段时间，一个朋友给我电话，说过几天来长沙有点事，忙完后就去投奔我，并打趣说："你小子如果不好好招待，那就立马绝交。"

在心里我是拒绝的，因为那段时间我的复习已经到了最后的冲刺阶段，晚上都恨不得抱着书本睡觉，可谓是争分夺秒。

可最后我还是应承了下来，因为我觉得大家平时都忙于自己的工作和事业，好不容易有机会碰面相聚，如果此时我和他解释，总给人故意逃避的嫌疑。

往后一段时间，我都是忧心忡忡。还好这种状况没持续多久，没几天朋友给我电话，说他忙完事情后准备去找另外一个好友。

我在暗自松口气的同时，急忙追问原因。

他笑道："你小子不仗义，幸好昨天我无意中知道你现在正准备考试，差点就陷我于不义啊。"

仔细想了下，发现朋友说得不无道理。

如果他真的过来了，由于心系考试，我无法专心陪他尽兴玩耍，这样他就会在心里产生其他想法，最后两个人各怀心思，感情也在无形中出现了裂缝。

而本来这种情况是完全可以避免的，因为我只是他众多选择中的一个。甚至可以这样理解，正是因为他将我们的友谊看得最重，所以才会把我当成第一选择。

而我却差点因为不懂得拒绝而将彼此的感情置于危险境地。

4

不止友情，面对不合适的爱情，更应该懂得拒绝。

甚至在爱情里，善于接纳从来就不是一种美德，懂得拒绝有时候更是一种尊重。

曾经有读者向我诉苦。她说有个男生从上大学开始就一直追她，昨天晚上把她约了出去，在送她回寝室的时候突然表白了，恳求她好好考虑。

我说："你喜欢他吗？"

她说："不喜欢，并且知道我们两个人几乎没有可能。"

我问："那你为什么不直接拒绝？"

她说："我以前没谈过恋爱，也不知道该怎么拒绝他，因为我觉得他人蛮好的，而且两人兴趣相投，可以做很好的朋友。"

我说："你就肯定一旦你拒绝他，你们就连朋友都做不成？而如果真是如此，那你觉得这样的他还会是你理想中朋友的样子？"

姑娘想了很久，发过来一行字："我明白了。"

第二天晚上，她给我留言表示感谢。"我拒绝他了，他其实早发现了我对他没有感觉，他只是做最后的努力而已。甚至他还主动提出希望以后两人还能继续做很好的朋友，不要因为他唐突的表白而损害这段友谊。"

其实这也算是意料之中的结果，如果女孩子勉强自己去尝试接受对方，那结果绝对不会这么圆满。

更大的可能是女孩在发现自己无论如何都无法接受这段爱情后提出分手，而男生就会认为对方愚弄自己的感情，最后两人闹得不欢而散。

走到最后，非但成不了情侣，两人的友谊也被磨损得一干二净。

5

三毛说："不要害怕拒绝他人，如果自己的理由出于正当。当一个人开口提出要求的时候，他的心里根本预备好了两种答案。所以，给他任何一个其中的答案，都是意料中的。"

在我们的传统思维中，拒绝别人似乎是一件很难为情的事情。可仔细思量，其实拒绝从来就不是一件让人难为情，甚至羞于启齿的事情。

当别人向你作出某种超出你能力，或是违背你意愿的诉求时，最可怕的后果不是你恰当地予以拒绝，而是你明明不愿意，却碍于各种原因答应了下来。

于你自身而言这是一种心理上的背叛，而对别人来说，更是无形中将对方陷入了人情上的尴尬。

真正的情感绝不会因为你合理的拒绝而变得疏离。同样，你那些不情愿的应允，非但不能让你们的感情得以拉近，更多时候反而成了一种"揠苗助长"。

生活中，如果你总是觉得自己付出很多，但最后却得不到你所期望的回应，那何不仔细思考，有多少付出是你心甘情愿的，又有多少帮助是没有违背你主观意愿的？

当你不情不愿地去帮助别人的时候，人家记住的绝不是你的付出，而是你那满脸不快的表情。

所以，你都不懂得拒绝，又哪来真正的朋友。

很多迷茫，都是闲出来的

1

在我某篇文章下面，有一位在校学生评论：

"你什么时候写一篇帮助我们走出迷茫的文章吧。"

看到后我第一时间回复："学生迷茫，其实都是没有生活压力，作业又少，闲出来的。"

许多读者纷纷点赞。

后来又有个刚上大二的读者给我发信息：

"我感觉挺迷茫的，这日子过得一点意义也没有，现在我都想退学了。"

我说："那你觉得什么样的日子有意义？"

他没有直接回答，沉默了一会儿吐出一句："反正不是这样的日子。"

我说："你每天都是怎么过的啊？"

这个问题立马打开了他的话匣子，整个人开始喋喋不休起来。"还能怎么过，有课的时候上课，没课就待寝室，天气好的话就出去打打球……反正每天都是寝室、教室和食堂三点一线……"

我毫不客气地打断他："说了这么多，其实就是因为太闲了呗。"

他一时不知道怎么接话，我接着说："上课的时候你是玩手机还是听课？能拿奖学金吗？作业是抄的还是自己完成的？大二了该考虑四级了吧……实在不行，你去谈个女朋友也好啊。"

在我一股脑的说教下，他愣了很久，最后恍然大悟："谢谢楚哥，明天我就开始去找女朋友。"

……

2

刚毕业的时候，我在一家创业公司上班。

创业公司大家都知道，拿着半个人的薪水干着几个人的活。但我很"幸运"，公司越忙，我越清闲，因为一忙起来，大家就压根顾不上我们这些新人。

开始的时候，我也乐得清闲，拿着两千块钱的实习底薪，一天到晚啥事不干混日子。可没过多久我便感觉不对劲，日子越过越迷茫，完全找不到生活的重心，更不要谈对未来的规划。

有一次，我和同学聚会的时候，大家凑在一起高谈阔论，一说起未来都是两眼放光，满怀希冀。那一刻我除了迷茫外，更多了一种彷徨与恐惧。

回去后，我反思很久，总结了一下自己的日常。

公司九点上班，我通常都是提着早餐压着时间点进办公室。有事情的时候，就做一下，没事情的时候，就上上网聊聊天。下班以后，除了偶尔出去和同学朋友吃喝玩乐以外，大部分时间都是无所事事。这样周而复始的日子短期还不错，久了之后各种问题就凸显了出来。

一天到晚，不知道自己忙了什么，然后横向比较，其他同学的专业水准越来越高，而自己却完全摸不着门道。再偶尔想想自己从前的一些目标，越发觉得离自己遥远。时间明明很多，但完全不知道用来做什么。

这样下来，整个人越来越迷茫，而越迷茫又越束手无策，于是就在这样的恶性循环中日渐沉沦。

后来，我就开始有意识地去改变，给自己定下一些硬性要求，比如，这个星期一定要主动参与一个项目，下班后回去要熟悉一个小时的制图软件，睡前看半小时的书……

就这样没多久，生活立马变得有条不紊，整个人也精神了起来。

3

有一个玩游戏认识的朋友，外号"刷屏王子"。那时候，只要我们打开群聊或者朋友圈，总能被他那些伤春怀秋的歌词或者文字刷屏。

曾经，我一度想把他拉黑，因为我着实想不通，二十好几的人了，干点什么不好，一天到晚净发一些毫无营养的东西。

当我把视线投向他的生活后，立马就找到了答案。

毕业后，他找了几份工作，但没有一份工作能够坚持三个月的，要么嫌工资低，要么觉得公司氛围不好、老板抠门、同事傻冒儿。

后来，他干脆不上班了。因为家里条件还不错，所以尽管他整日待在家里无所事事，父母也只是偶尔唠叨几句。他每天都是白天打游戏，晚上等别人下班了，就约上几个好友出去玩，偶尔觉得一阵空虚，就在朋友圈吐槽生活的迷茫。

前段时间，群里聊天的时候，我突然想起似乎他有一段时间都没有在朋友圈里"刷屏"了，连只言片语都没有了。

我向一个和他关系比较好的朋友询问原因。

朋友说，几个月前他家入股的公司倒闭了，倒闭前老板又从各股东那里骗走一大笔钱，现在家里欠了一屁股债，他则被舅舅带到新疆承包土地种棉花去了。

果然，后来没见他再玩过游戏，偶尔出现在群里和大家聊天，讲话也沉稳了很多。

有人开玩笑地问他："现在不迷茫了？"

他发了个哭笑的表情。

天天忙成狗一样，哪还有资格去迷茫。

4

看看周围那些忙碌的人。

左肩扛着房贷，右肩顶着车贷，职场如战场，工作中的技能更是日新月异，既要做好上司下属之间的协作沟通，还要随时补充新的知识不让自己落伍。

忙着生，忙着死，谁还有精力去矫情，谁还有时间去迷茫。

你再看看身边那些迷茫的人。

别人在认真上课的时候，他在玩手机看电影；别人在图书馆看书做作业的时候，他坐在电脑前打游戏，或者和朋友逛街；别人晚上背单词练听力的时候，他在和同学朋友唱歌、撸串……

等别人完成一天充实的学习生活，准备入睡的时候，他就开始躺在床上迷茫了。

上班的人同样如此。

别人晨跑吃早餐的时候，他还躺在床上与周公探讨人生；别人在公司认真上班的时候，他躲在角落里上网看电影，甚至干脆发呆；别人在想着项目从哪里入手效果最好，方案怎么改最让客户满意，他想着晚上有什么活动，下班后该去哪里玩……等别人的项目圆满完成获得上司表扬肯定、升职加薪的时候，他则开始愤愤不平、迷茫彷徨了。

人生是自己的，每个人都有选择自己生活方式的权利。

你可以不努力，但同样要有接受寡淡人生的觉悟。既然你贪恋此时的安逸，那就不要去羡慕别人后面的精彩。

生活不是比惨，谁都活得不易

1

几天前，在后台看到一条信息。对方是一个刚参加工作的女孩子，她说："每天都活得好累啊，人活着不是为了开心吗？可生活怎么成了这样？为什么别人过得比我好？"

我看了下时间，00:20。

对很多人来说，这正是躺在床上思考人生的时候。抛开一天的情绪，屏蔽了外界的干扰，很多想不通的问题这时候总能得到答案，但同时也容易陷入思维的极端。

而在我们生活中，似乎总是有一群过得很好的人。

参加同学聚会，觥筹交错间发现其他人要么经商致富，要么从政有为，再不济也是岁月安稳，生活无忧。

与许久不曾谋面的朋友见面，她给你讲上半年买的房子又涨价多少，给你讲下半年可能就升职加薪，前程无量。

朋友圈更是不能看，一分钟前刷新山珍海味，一分钟后刷新马尔代夫。

这时候再对比自己，不由得悲从心来。

每天起得比鸡早，睡得比狗晚，吃得比猪差，干得比驴多。一周下来，你觉得身心俱疲。

而在脑海中过滤一遍，似乎所有人都过得比自己好，他们工作光鲜亮丽，生活绚丽多彩，时刻都在演绎着他们的诗与远方，唯独自己苦守着无尽的苟且。

2

在很多人眼中，写作是一个轻松而又高大上的工作。我就经常会收到这样一些消息：真羡慕你啊，没事写写东西，钱多事少，活还轻松；还是你们作者好，既赚钱又自由，想去哪里就去哪里……每次听到这样的话，我都恨不得把他从屏幕里拉出来摁在键盘上。随便写点东西就有钱？我不知道随便两个字怎么来的。

读者看你是光芒闪耀的，但只有你自己知道，其实就是顶着四十八线作者的名号，干着勤杂工的脏累活。

有一个朋友，自从写文后，头发与头皮的关系就变得岌岌可危，发际线以肉眼可见的速度飞速爬升，逼得人家一个女孩子天天在朋友圈自嘲秃子，四处寻求生发良方。

还有一个朋友，白天要上班，晚上回去要写文，孩子没时间带，夫妻生活也受到了影响，时常让老公独守空房，甚至一度影响到婚姻的持续。

甚至还有个朋友，既要写作又要配音，她每天的生活就是白天上班，晚上回去匆匆吃几口饭，然后开始写文，写完文章再录音，忙到凌晨一两点后再洗漱睡觉。周而复始，最后生理期都紊乱了。

再想想自己，我基本已经忘记了上次追美剧是什么时候了，我不知道《行尸走肉》《吸血鬼日记》到了第几季，作为一个《海贼王》更新从不错过的海迷，现在竟然可以积累十几集一次看个过瘾。

有时候，真羡慕别人，下班后为吃喝玩乐随时待命，一个电话立马消失无踪。这对现在的我来说，无异于一种奢侈，看个电影、唱个K都会有一种罪恶感，也没有了上班下班的概念，反正下班比上班忙，双休比工作日忙。

3

朱德庸有一部著名的漫画作品《我从十一楼跳下去》，讲的是一位轻生女子从十一楼跳下。在身子下坠的过程中，她看到了十楼以恩爱著称的阿呆夫妇正在斗殴；九楼平常坚强的 Peter 正在哭泣；八楼的阿妹发现未婚夫跟好朋友在床上；七楼的丹丹在吃她的抗忧郁症药；六楼失业的阿喜还是每天买七份报找工作；五楼受人敬重的王老师正在偷穿老婆的内衣；四楼的 Rose 又和男友闹分手；三楼的阿伯每天都盼望有人拜访他；二楼的 Lily 还在看她那结婚半年就失踪的老公的照片。

最后她才明白："在我跳下之前我以为我是世界上最倒霉的人，现在我才知道每个人都有不为人知的困境。我看完他们之后深深觉得其实自己过得还不错。所有刚才被我看到的人，现在都在看着我。我想他们看了我以后，也会觉得其实自己过得还不错。"

人是一种很容易短视的动物，低落的时候就无限放大别人的幸福，又只看得到自己的苦楚，在一种自怜的思维中获得慰藉。

一大早，你爬起来急匆匆地洗漱，边走边往嘴里胡乱塞点东西，上班赶公交赶地铁像打仗一样。最后，你踩着点到公司，如果碰上堵车或者其他情况，迟到一次扣五十，小半天的工资立马打了水漂。刚坐下没两分钟，黑脸的领导将一沓厚厚的资料扔在你桌上，留下一句"明天上班的时候交给我"，便扬长而去。

你恨得直咬牙，在心里问候了他全家。白天没做完，晚上回去加班才终于搞定，第二天又顶着黑眼圈摇摇晃晃地去上班。

这不是你独有的状态，而是当下奋斗在大城市里年轻人的生活常态。

4

这个世界本来就是不公平的。

有人天生幸运赢在了起点，从出生那一刻开始就注定衣食无忧。有人后天通过努力得到了回报，过上了自己梦寐以求的生活。

但除此之外，更多的人都注定平凡，必须遵从生活与社会的规则，做着付出与收获不成绝对正比的工作。对绝大部分人来说，谁都活得不容易。

而且烦恼并不与物质金钱成反比，并不是你的物质越多，烦恼就越少。

生活在北上广年薪几十万的人，他会想着几百万的房贷透不过气来，上要小心领导的黑锅、小鞋，下要提防下属的谋权篡位。

有时候，我想，我羡慕别人的生活吗？

羡慕。

但这个羡慕是短视的、狭隘的，我羡慕的仅仅是他们有大把的时间去玩乐，却看不到他们同样需要面对生活的苟且。

欲戴皇冠，必承其重。生活不是没的选择，只是你现在选择的恰恰是你觉得最适合的。人生没有重来，生活更不是比惨，只要尚食人间烟火，只要还有七情六欲，谁都不会活得轻松容易。

别急着去否定自己的生活，你羡慕人家台上的无限风光，人家未必不羡慕你台下的悠然自得。

你所逃避不及的眼下，也许正是别人心之向往的远方。

有人过得不好，是因为对所有人都好

1

听读者讲过这样一件事。

上大学的时候，她在班里任职团支书，由于为人比较和善，也乐于帮忙，所以和班里绝大部分同学相处得都还不错，大家也都挺喜欢她。但有一个室友却总是让她心里不舒服。

比如，交团费，班里有几个家庭情况非常困难的同学，她都是悄悄帮他们直接交了。那室友知道后，就说："那你干脆也帮我也交了呗，我也没钱了。"

那个女生家庭情况其实还不错，也不是掏不出那几十块钱。这些她都知道，但对方讲了两三次后，她没有多说也就交了。

至于平时，帮忙带个作业本，去食堂带个饭什么的，都是家常便饭。似乎在对方看来，既然是班委，这些小忙都是理所当然。

临近毕业的时候，一份有关毕业去向的表单，需要每个人都填好提交上去，否则会影响毕业。

当时，大家基本都已经开始实习工作，许多人打电话要她帮忙填一下。其实那时候，她也在忙，但她这人比较心软，禁不起别人的软磨硬泡。最后她不得不专门请假一天，把自己以及那些寻求帮助的同学的表单全部填好。可等到第二天她去上班的时候，那个室友又给她打电话，她表示现在已经回公司上班，无法帮忙。

室友听了后，立马开始冷嘲热讽："你帮其他寝室的人都可以，帮我一下就不行了啊？胳膊肘往外拐得也太明显了吧。是不是觉得别人需要讨好，同一个寝室的人就很好安抚？"

听到这话她委屈得直掉眼泪，一句话都说不出来。

2

有一个朋友，父母白手起家，半辈子下来打拼出了一份相当不错的家业，在本地人脉也很广。

正是因为如此，经常会有亲朋好友跑来寻求帮忙：孩子大学毕业后想找一份相对较好的工作，创业需要一些相关的人脉资源，甚至生意周转出现困难……

朋友父母也是通情达理之人，一贯都是能帮则帮，帮不上忙也会尽量给对方制造便利。当然，大部分人都懂得感恩，也念着他们家的好。

但还是有极少数人，稍微没能帮上忙便换了一副嘴脸。当场翻脸的几乎没有，但背后阴阳怪气的不少。

以前，他们帮一个老乡找工作，最开始的时候有人暗自提醒他爸，说那人品行不好。但他父亲觉得背井离乡出来打工不容易，而且又是故人，所以还是帮他物色了一份工作。

后来那人监守自盗，偷窃企业的贵重器材被抓。最后还是朋友父亲出面买个人情并赔偿，对方这才没有报警。那人不但没有多感激，反而又求他们家继续帮忙介绍工作，这次朋友的父亲坚决拒绝了。

去年，朋友的爷爷去世，回乡安葬的时候才知道那人在村里大肆宣传说他们家有钱了就狗眼看人低，乡里乡亲的，却什么忙都不肯帮。

朋友一家人听了都气炸了，这才后悔当初没有听取别人的意见。

3

曾有读者向我讲述她的职场经历。

那是一个刚毕业不久的姑娘，平时没事的时候喜欢自己动手做一些糕点，然后带到公司去分给同事吃，她觉得反正自己也吃不完，扔了也是浪费。而且看着别人吃自己亲手做的东西，也是一种满足。

后来随着年底业务繁忙，她也没有再做糕点。同部门一个女生就天天和她说："你做东西挺好吃的，最近怎么不做了啊？"

姑娘表示现在太忙了，以后再做给大家吃。

没多久，有关系好的同事悄悄告诉她，那个女生最近一直在背后散播她的闲言碎语。说她以前刚进公司，所以需要费尽心机地讨好同事，现在翅膀硬了，也就不需要装模作样了。

姑娘听了心里非常难受。她很是气愤，表示："我从来没有这么想过，我就是觉得同事和同学一样，有东西我就分享一下，有需要我就帮忙一下，仅此而已。再说，我要讨好也是讨好领导，我讨好她一个入职几年还在最底层的小职员干什么。"

气愤之余，她又非常不解。

为什么有些人总习惯把别人的好当成一种讨好，甚至是对自己的亏欠呢？

4

选秀出身的农民歌唱家"大衣哥"朱之文出名之后，邻里亲戚排着队地跑来借钱。

最开始，他也是有求必应，但后来发现有些人借了五六次都没有还过，借的钱也不是急用，而是用来盖房买车。

在他们看来，反正"大衣哥"有钱，不还也没关系。更有甚者直接开玩笑表示，除非他给村里每个人都买一辆车，再发一些钱，大家才能认为他是好人。

后来村里为他修建了一座功德碑，但没过多久，便被人趁夜砸成两半。

"大衣哥"曾在接受记者采访时难过地表示："做人真的很难，人跟人打交道是最难的。其实自己更愿意平平淡淡过日子，不想当什么艺术家，什么歌唱家。"

其实，生活中有些委屈，真的源于滥施好心。

你要知道，不是每个人都值得你对他好，也并不是所有人都会感激你的好。

任何事情都应建立在识人与底线之上。

人的欲望是无限的，当你开启了好人模式，那些人对你的期待值就越来越高。你无止境、无分别地对他们好，在有些人眼里会慢慢成为一种理所当然，甚至最后变成容易被对方攻击的软肋。

长大后经历越多，接触的人越多，你就越能明白这世上真的有这样一些人，他们不知收敛，不懂感恩，什么事情都是以利己为准则，自私地将别人的好心当成理所当然，把别人的馈赠当成有意讨好。

很多时候，你过得不好，不是因为你对别人不好，而是因为你对所有人都好。

远离偏见是一种智慧，也是一种善良

1

有一女性好友，长得比较漂亮。爱美是女孩的天性，偏偏这姑娘相比其他女生，更热衷于各种前卫打扮。所以她每次出门，路上的男人纷纷回头，女生则是一脸鄙夷。

不仅陌生人如此，在一些不是很熟悉的场合，或者刚进入一个圈子的时候，周围人同样习惯用异样的眼光打量她，或警惕不屑，或敬而远之。

但我们这些熟人都知道，姑娘其实内心很传统，三观端正，对待感情也非常认真，和初恋在一起谈了四年，最终以男生劈腿而告终。

后来姑娘又找过一个对象，但两人在一起不到三个月就分了，同样是因为对方出轨。她非常气愤地质问对方，男生却是一脸诧异："我们在一起不就是图个乐呵啊，这方面你肯定比我想得通啊。"气得姑娘狠狠地扇了他一耳光。

尽管现在追她的男生一直不少，但绝大部分人从一开始就没有多认真，甚至在被拒绝后，很多人都是恼羞成怒："明明就是个贱人，还装什么白莲花。"

现在只要大家坐在一起谈起爱情，姑娘都是嗤之以鼻，用她的话说就是，"这辈子对爱情已经不抱什么期望了"。

2

不得不承认，这个社会有太多偏见了。

女生衣着前卫性感点肯定不是好女孩；在酒店上班的女孩子也肯定不正经；出了交通事故，肯定又是女司机；当下的年轻人毫无责任感可言……

其实很多常识与道理，大家都明白。

穿着仅能反映一个人对待生活的态度与品位；职业从未有过高低贵贱，甚至大学还有一种专业叫作酒店管理；据交通部门统计，男性交通事故占有率按比例换算过来，同样远远高于女性；80 后没有垮掉，90 后也逐渐成为社会的主导力量，而且时代文明一直在进步……可为什么大多数人还是喜欢习惯性偏见？

培根有句话说得好，人们喜欢带着极端的偏见在不着边际的自由中使自己得到满足，这就是他们的思想本质。

而且，偏见应该是最容易的事情了吧。

毕竟不需要思考，直接凭借主观臆测，或者道听途说便能轻易对别人作出评价与结论，获得一种从众的归属感以及优越感。

当偏见变成一种习惯，就会逐渐在对方身上烙上一个标签，给对方带来巨大的伤害。

<h2 style="text-align:center">3</h2>

在我家那边，有一个五十几岁的单身汉。

他其实是一个老文青，年轻时候因为翻阅"禁书"被举报坐过几年牢，放在现在压根就不是事情，只不过那时候思想保守，又撞上"严打"时期。既然坐过牢，名声自然就坏了，家庭条件也不怎么样，所以一直没有姑娘愿意嫁给他。整条街的人都喜欢恶意奚落打趣他，谁家小姑娘不听话，大人就吓唬他：不听话就把你嫁给街口老流氓。

随着时间的推移，越来越多的人都觉得这个人是真的不正经。再后来谁家遇到点事情，丢个东西什么的也总会第一时间想到他。

大概十年前，有一家人出游的时候家里被盗，所有人明里暗里地怀疑上了老文青，慢慢地就开始出现了各种风言风语，以讹传讹后越来越逼真。本来就一直怀疑的那家人，逐渐由开始的指桑骂槐，转变为最后的恶语相向。

老文青终于受不了了，直接拿着一把刀跑到对方家里要说法，并打了起来，最后以故意伤人罪又被判处了几年。

从监狱放出来后，整个人彻底没了精气神，五十出头的年龄看起来却像一个七八十岁的老头子。

入狱前，他还在街口摆地摊，出来后不久精神便出了问题，靠着街坊邻居施舍度日。

4

偏见不同于偏差，偏差仅会让自己的思维趋于褊狭，缩放自身的眼界与格局，但偏见却是戴着有色眼镜看待世界，很多时候它真的可以杀死一个人。

当下社会更讲究团队与群体活动，人与人之间的交往密切频繁，没有人真就能够彻底游离于人群之外，多少还是会在意周围人的看法。

我们还是会因为旁人对自己的误解与偏见感到难过。

当一个群体或整个社会都以一种偏离实际的思维审视自己，甚至引发旁人用不公正的手段对待自己，谁都会感到愤懑与心伤。

而且，你以为偏见就只是伤害别人吗？

其实不然，偏见同样会摧毁自己。

如果一个人习惯了偏见，那么必然会懒于思考，长此下去便会逐渐丧失最基本的主观判断能力，迟缓了自己对世界的正确感知。

世上最大的恶意，大概就是生活在思维定式里，不能正确理性地去判断周围的人和事物。而世界上最大也最基本的善意，就是能够摒弃偏见，理性真实地去发掘他人的本质。

偏见猛于虎。不带偏见的眼光看待世界，既是一种达观的智慧，也是一种淳朴的善良。

我的朋友圈仅对你可见

1

发现没有，微信的各项功能，总是高度契合当下人的社交需求。

不让他看我的朋友圈，那是你不想让他走入自己生活的人；不看他的朋友圈，那是你不想与之产生任何交集的人；标签分组，可以让自己在生活的各类角色中互不干扰。

而如果你问我，在微信众多的功能里，哪一项设置最让人扎心？

毫无疑问，就是朋友圈的"仅对××可见"吧。

前不久，有读者在文章评论区留言："对他偏爱，也或许只是执念，学不会止损。这么久了，多少矫情的朋友圈都仅对他可见，但终究没有任何他的消息。什么世上无难事，只要肯攀登。什么念念不忘，必有回响。早该戒了……"

很多时候，一个人的矫情都是和爱情密不可分的。爱情这件东西，不仅摧残人的肉体，更会乱人心智。

你喜欢上一个人。你不敢表白，害怕被发现却又期待着被发现，于是在朋友圈里发一些感性到掉鸡皮疙瘩的文字，然后设置成仅对他可见。

后来啊，那个人离开了你。

你不敢明目张胆地打扰，也不愿摇尾乞怜地求合，又是在朋友圈发一些自强却又写满不舍的文字。

同样仅对他可见。

而每一条"仅对他可见"的朋友圈背后，都散落横陈满地的乞求与卑微。

2

去年年底，有个姑娘和我说自己决定做一件特别酷的事情，在零点的时候给男友发一条短信："新年快乐，分手快乐。"

我有些替她心疼，面对注定要失去的东西，有些人只会顾影自怜，还有些人却懂得了如何维护自己最后的尊严。

和世间绝大部分爱情一样，开始，男生有意无意地找她聊天，会评论她的朋友圈，发好看的视频链接给她，把有趣的事情分享给她。

很快她便习惯了对方的存在，但男生却没有更进一步的表白，这种若即若离的关系让她备受煎熬。

有天晚上，她终于忍不住发了一条朋友圈。

"点一个赞，我就告诉你一件事情。"当然，这条朋友圈仅对他可见。

在他点赞后，她立马告诉对方："我喜欢你，要么做我男朋友，要么我就去睡觉了。"

如她所愿，两人终于走到了一起。

和众多饮食男女的恋爱过程如出一辙。男生由开始的热烈，到后来的敷衍，直至最后的冷淡。虽然没有主动提出分手，但却用行动诠释了离别。

姑娘心灰意冷后，选择了在新年到来的那晚结束这段感情。

3

前段时间，她突然又找到我，并发了很多文字。

在那次新年分手后，和其他情侣一样，两人又分分合合大半年，终于在不久前以男生的彻底失联后画下句号。

但她仍会极力去了解他的近况，会在闲下来的时候陷入往日的回忆，一个人悲喜，一个人沉沦。

她发了很多朋友圈，都仅对他可见。

从最开始的放狠话，到后来的故作轻松，再到最后的无尽怀念，所有的文字里都写满了不舍与乞怜。

她始终以为这样的自己，总会换来对方的回头。但后来却发现，哪怕自己主动联系，他都不再有任何回应。

有次，她送妹妹上课，回去的时候又想起了他，于是给对方发了一个地址，问他敢不敢出来见个面。

最后她等了很久，却连一个回信都没有收到。

总听人说这样一句话："念念不忘，必有回响。"

但如果把它放在爱情里显然是不合适的。

当对方决意离开的时候，你再怎样用力表演，再如何撕心裂肺，都只是一场徒劳无功的独角戏。

4

曾经在朋友圈做过一个调查："那个你曾在朋友圈仅对他可见的人，后来都怎么样了？"

在众多的回复里，绝大部分人都给出了一个无果的答案。

爱情最大的残忍，在于它并非仅靠一个人便可以收获圆满。当对方不再喜欢你的时候，你再多的努力都只是一厢情愿。

甚至付出的感情越多，最后反噬的情绪越大。

一个人如果在乎你，千山万水犹若咫尺，又怎舍得让你的忐忑在漫漫长夜里肆意蔓延。

他不是不懂你的心意，也并非不知如何回头。他就是不在乎你了，所以你的一呼一吸都是打扰，你的卑微讨好也只可能让他心生厌弃。

你把所有的情绪揉碎了团在一起，搁在一条仅对他可见的朋友圈里衷肠倾付。

你以为他会回忆，会感动，甚至幻想他会后悔，会回头。

别傻了，你的朋友圈仅对他可见，但他却可能视而不见。

这无关于决绝，也无关于残忍，一切都只是他已经不再喜欢你了。

所谓错爱啊，不过是瞬间的万紫千红，过后的寂静回眸。

我们都只活一次，又为何偏执死守一个不值得的人？哪怕你学不会放下，但至少也要留存自己最后的尊严。

好好吃饭，好好睡觉。别再想念，也不准期待。

二 // 慢一点，人生不要过于焦虑

让人生慢一点，

也并不意味着你就变得懒散懦弱，

而是为了让自己永远保持清醒的思维，

更好地校准人生的方向。

慢一点，人生不要过于焦虑

1

曾经我在朋友圈做过一个调查：你有尝试过完全放空自己，用一个小时的时间去发呆吗？

大部分人均表示否定，甚至在很多人看来，这根本就是不可思议的。因为这是一个效率为王的时代，所有人都在催促你不断加速。而在当下的社会共识里，快则意味着更好的资源、更佳的机遇、更大概率的成功。

可是，很多人却在一种急于求成的心态里迷失了自我，被一个个繁重的目标捆绑，无形中将自己陷入了无端的焦虑。

而如果生活过于焦虑，真的不是一件好事情。

2

焦虑会降低你的工作效率。

曾有段时间，我忙得暗无天日。

那时候，刚签了新书合同，本来自己手上就压着几个专栏稿子，而业内相当有影响力的某平台又刚好在邀请作者出合集。

在我看来，每一件事情都是机会，而每一个机会又都不想错过。

那段时间，除了闭眼休息的那几个小时，其他都是在想着如何早些完成任务。工作的时候在构思，吃饭的时候在构思，走在路上的时候仍是在构思。

可结果却不尽如人意，事情非但没有如我所愿的那样事半功倍，效率反而越发低下，甚至有时候坐在电脑前抓破头皮，整晚都敲不出一个字。

而写不出字的时候，脑子里就会无端冒出许多念头：新书怎么办？专栏稿子过几天就要交了，合集的截稿日期也快到了，公众号也很久没有更新……

所有的事情聚在一起，化成一个密不透风的袋子，死死地罩在我的头上。

那种极力付出却得不到相应回报的挫败感，更是让我异常失落，随之而来的便是极度的焦虑。急切地想要处理好每一件事情，却忽略了人的时间和精力有限这一事实，神经始终处于紧绷状态，稍微有一点没达到预期便内心方寸大乱。

急于想去做好每一件事情，最后反而一件都做不好。正是因为这种焦虑，反而降低了自己工作的效率。

3

焦虑还会破坏你的生活质量。

以前每次吃完晚饭，我都会出门散下步，回来后洗个澡，然后泡上一杯咖啡，最后悠闲地坐在电脑前码字。而双休的时候，也会偶尔约上几个好友聚餐或者游玩，适当地放松下，缓解一周的工作压力。

但那段时间，我拒绝一切好友的邀约，甚至连晚饭后的散步都直接省略，吃完饭便立马在电脑前正襟危坐。由于一心想着各项任务，浑然不觉这种生活作息的改变，给我的生活以及身体带来的负面影响。

直到有天某位同事打趣我："看你这段时间萎靡不振，年轻人要懂得节制。"

我这才警觉起来，照镜子吓了一大跳，皮肤黯淡无光，胡子拉碴，双目无神，脸上还冒起了痘。

仔细想了想，我确实已有相当长一段时间忽视了生活的质量，再也没能出门散步，同时又好几次拒绝了朋友的邀约。而上下班的时候，走在路上很久都没去注意擦肩而过的路人，坐在车上更是再也无心去捕捉那些一闪而过的街景。

仿佛将自己封闭在一个牢笼里，变得急躁不安，陷入恶性循环，完全断绝了自己感知外在的能力，也失去了对生活的热忱。

我突然觉得一阵后怕，仔细想了想，不能继续这样下去了。晚上回去便将任务依据轻重缓急做出排序整理，实在力所不及的就直接舍弃，将对自己的硬性要求全部改为弹性计划。

就这样，事情立马变得有条不紊起来，生活也恢复了从前的规律，随之而来的便是写作时重获了往日的灵感。

更令我感到惊喜的便是，在那种放松的环境里，最后所有的计划竟得以一步步地完美实现。

4

焦虑会影响你的人脉交际。

曾经有一同事，工作能力非常不错，却鲜有人愿意和他合作。

原因很简单，他总是过于焦虑，特别是遇到突发状况的时候，他瞬间就会陷入一种急躁不安的状态，并无限放大各种可能的后果，最后将焦虑的情绪释放到整个环境里，使得周围所有人都惶惶不安。

有一次，我们几个人合作某个项目，由于时间比较紧，我们没日没夜地赶工，最后才在期限前一天得以完成。可在核算的时候，突然发现中间有个环节出错，这样就造成后面的数据会出现相应的改变，而对应的图纸也会做出一些变更。

其实这种错误也还算正常，而且修改起来不是太麻烦，大家也没有过于沮丧，有同事还开玩笑说："没事，今晚咱们多加几个钟头。"

可那位同事却显得极其失落，反复念叨各种可能的后果，哪怕那种后果发生的概率非常低。而晚上加班的时候，他看起来是雷厉风行，但给我们的感觉却是焦虑不安，最后项目很快便修改过来，但原本欢快和谐的工作环境却被他弄得气氛全无。

从此以后，大家都开始对他敬而远之。

5

其实，人生本就是一辆疾驰而行的列车，根本就没必要继续在车厢里躁动不安。

你的焦虑只会让自己的生活越来越糟，让身边的人离自己越来越远。想一想，你又是否因为焦虑而错过了太多美好的风景？

天桥的孤独歌手，街角的流浪小猫，广场上的黄昏恋人……这些你错过的，只会因为你的焦虑而永远错过。但那些你念念不忘的前方，却不一定会因为你的焦虑而飞奔向你。

让生活慢下来，这并不会降低你对生活的追求，反而能让你更好地发现生活的美好，保持对生活最高级别的热爱。

让人生慢一点，也并不意味着你就变得懒散懦弱，而是为了让自己永远保持清醒的思维，更好地校准人生的方向。

让一切慢下来，至少没必要过于焦虑。

去拼，去闯，去远方，永远不要忘记家的方向

1

以前公司的一位同事，给我们讲过这样一件事。

有一次，他父亲单位组织旅游，回程途经他工作所在城市的时候，顺便过来看望他。当时他比较忙，就没有去接，而是把具体交通路线发给对方。

不久后，他就接到父亲的电话，电话里父亲急促而又懊恼，钱在火车站被偷了。

他带着一肚子火气赶到火车站，带着父亲找警察，做笔录。回去的时候已经是晚上，他一路不停地对父亲埋怨指责，这么大的人了，一点社会经验都没有。

自始至终，父亲都是走在他前方一言不发。

　　一会儿后，他开始为自己刚才的态度感到懊恼。刚好他母亲打电话过来询问情况，言语中也满是埋怨："你爸这人也真是的，单位都是直飞家里，他却执意落单。现在好了，回来车费得自己掏就算了，钱也被偷了。"

　　缓了一会儿母亲又说："你也别怪你爸，你这么久不回家，他已经在家里念叨过好几次了。"

　　他突然觉得有些难受，看着街灯下父亲耷拉着脑袋走在前头，灯光下的影子显得愈加佝偻。

　　这同事以前在公司有个"交际草"的外号，因为他工作之余最喜欢参加各种聚会，同学、朋友、三五成群地在酒吧、KTV到处乱窜。

　　但是从那以后，他突然性子大变，不但聚会少了，而且一有节假日就往家里跑，弄得我们经常开玩笑说他在家那边悄悄找了个对象。

　　他每次都是不好意思地笑笑："没有啦，只是想多点时间陪陪父母。"

2

　　父母到底是在什么时候变老的？

　　谁都知道岁月不可阻挡，我们都不可避免在时光的流逝中趋向衰亡，但在大多数子女眼中，父母都是在某一瞬间突然变老的。

当他们说出"你陪在我们身边的时间越来越少"，代替了"我们陪在你身边的时间越来越少"的时候；当他们受到委屈，获得不公正待遇后第一时间给我们打电话的时候；当他们在我们面前开始像个犯错的小孩，变得有些小心翼翼的时候……只有那一刻，我们才猛然发现，原来父母真的已经青春不复。

有即将毕业的读者告诉我，寒假在家的时候，她发现母亲变得和以前不太一样了。

平时吃完晚饭，她的妈妈都会雷打不动地去跳广场舞，但那段时间都是打着散步的幌子，拉着她一起逛街逛超市。平时没事就是玩手机看剧，现在她的妈妈就喜欢和她扯一些没来头的话题。

离家出去实习的那晚，母亲借父亲打鼾影响睡眠的名义，跑到她房间和她一起睡觉。躺在床上的母亲，不停地和她讲从小到大发生的事情：小时候顽皮把邻居小男生打哭，没有一点女孩子的样子；初中因为早恋，回家被他们狠狠"修理"；大学第一次离家住宿，和室友发生矛盾给他们打电话哭诉……直到最后她都困了，母亲仍是一个人絮絮叨叨。迷迷糊糊的时候，她听到母亲突然说了一句话："唉，以后你能陪在我们身边的时间就更少咯。"

她猛地清醒过来，就那么一句话，她才惊觉原来曾经那个泼辣果敢的母亲也是会变老的。往后相当长一段时间，她都觉得有些难受和害怕。

难受以后能陪在他们身边的时间越来越少，害怕自己成长的脚步无法追上他们衰亡的速度。难受那场关于生命的告别，害怕有一天他们终将离自己而去。

3

亲情里对于陪伴的诉求，其实是一条标准的 U 形抛物线。

随着成长，这种诉求越来越少；伴随衰老，这种诉求又越来越多。

从呱呱坠地到牙牙学语，再到往后一段漫长的时光，我们总是想方设法渴望得到父母的陪伴。

可随着年岁的增长，这种诉求越来越小，思想也与他们逐渐出现偏移。直到青春叛逆期，我们开始习惯驳斥他们的观点，反感他们的约束。

当生儿育女后，我们更是把绝大部分精力放在子女身上，对父母的关注越来越少。

只有最后当我们的儿女也长大成人，结婚生子，身临其境后我们才恍然懂得，原来他们也曾是如此渴望得到我们的陪伴。

曾经有一部比较火的电影——《世界上最疼我的那个人去了》。

斯琴高娃饰演的作家平时忙于家庭与工作，疏忽了自己的母亲。直到母亲病倒后，她带着母亲去医院检查，做手术。

手术完成后，为了控制母亲病情的恶化，她开始严厉督促母亲的术后恢复，却完全没有意识到手术的隐患，更忘了顾及母亲年迈的身体。

直到母亲去世，保姆第一时间通知她，她突然忆起与母亲相处的最后那段时光：自己近乎苛刻地要求，母亲小心翼翼地迎合。当然，更心酸的是那一刻她突然察觉到一个事实：

原来，世界上最爱我的那个人真的去了。

4

央视曾有一个主题为《常回家看看》的公益广告，计算了我们真正能够陪伴父母的时间。

假如一年中我们只有春节 7 天时间回家探望父母，除去应酬，真正陪伴他们的时间每天只有 3 个小时。如果我们还能陪父母 30 年，我们留给他们的时间只有 26 天，我们还能为他们做些什么？

有人说，生长在这个时代的我们压力多大啊，我们必须很努力地去奋斗，才有可能得到自己想要的东西。

可生而为人，在社会中摸爬滚打谁又真的很容易。但是身为子女，我们又有几个真的懂得父母的不容易。

刘德华主演的寻子电影《失孤》中有一句台词：

"只有在路上的时候，我才觉得自己是个父亲。"

突然想，如果丢失的是年迈的父母，又有几个子女能用几年甚至余生，如此笃定而又决绝地去寻找。退一步讲，有几个子女能有"只有陪伴在他们身边的时候，我才觉得自己生为子女"这样的感慨与觉悟。

或许，生儿育女可以说是人类最无私的行为，也是世界上唯一一个明知道会"亏本"，但仍是选择倾其所有去投资的事情。

生为子女，我们却总是把未来看得太远，习惯性地忽视眼下最珍贵的亲情。

可能真有一天，你会头顶光环，身披万千荣耀，但蓦然回首，却再也找不到那两个为你自豪的身影。

因为明白我们心怀广袤的世界，所以从不愿对我们有所要求；因为害怕成为我们的羁绊，所以一直将心中的期待埋藏于心。

其实，他们渴望的没有我们想象中的多，更没有我们那么多宏伟壮阔的梦想。于父母而言，陪伴就是世界上最温暖孝顺的告白。

别让陪伴成为他们无法言说的心事，更别让他们成为你未来不可弥补的遗憾。

你可以去拼，去闯，去远方，但永远都不要忘了家的方向。

不过度打探别人的生活，是一种教养

1

某天，有读者给我分享了这样一件事。

年初的时候，公司来了一个刚参加实习的小姑娘，聊天后发现两人竟然是校友，所以她对小姑娘倍感亲近，工作方面也是多加照顾。

但不久后，她发现了对方一个不好的习惯：为人过于八卦。具体表现就是特别热衷于打探别人的生活隐私，正面询问不行，那就迂回了解，总是带着一种打破砂锅问到底的阵势，完全不懂得适可而止。

两个月不到，小姑娘对同事们各种事情的了解比她还多，甚至有些还涉及私密问题。她有些反感，因为她觉得对方完全不懂得尊重别人的生活，缺乏最基本的素养，便开始逐渐与之疏远。

因为是校友，所以两人就多了一些人脉交集。

有一次，和别人聊天的时候，对方突然问她，说："你是不是认识那个××？"还没来得及回答，对方又加了一句，"你们关系很好吧，她还经常向我打探你以前的一些事情。我以为你们关系很好，也不好拒绝，就都告诉她了。"

虽然心里有些不舒服，但也并没有多在意。直到有一天，公司有同事和她开玩笑的时候，说起了她大学时候发生的一些事情，甚至还包括一些糗事。

她觉得有些气愤，直接找小姑娘质问，小姑娘轻飘飘地回了一句："我只是好奇而已。"看着对方那一脸无辜的样子，她又气又无奈。

小姑娘的爸妈难道就没有告诉她不要随意过度打探别人的生活？这哪是好奇，分明就是没教养。

2

小安最近犯上了"回家恐惧症"。

原因很简单，作为一个毕业几年却还未结婚的小学教师，每次回家，无论情感上还是工作上，总会遭到亲戚们各种不明深意地打探。

　　某次清明节回家，依据习俗，扫墓完后整个家族聚在一起吃饭。与往常一样，刚一落座亲戚们就开始进行轮番轰炸。

　　虽然内心有些抗拒，但碍于对方的身份以及场合，她都是赔着笑脸一一作答。而且她也明白，这已经成了当下社会的一种普遍现象。所以也并未表现过多反感，就当是一种长辈们的关心方式。

　　不过有个亲戚，对她的关心却有些过于"热情"。谈到情感问题，人家都是客套几句，适当表现一下自己的关心就完事了，她却不一样，会问择偶标准、结婚年纪，甚至会问以前谈过几个对象这种不合时宜的问题；而说到工作，她询问起来更是事无巨细，工资、未来规划……既不懂得隐私的概念，也不明白适可而止。当然，她唯一没有忘记的就是打探对方生活的时候，还时不时炫耀一下自己的子女。

　　后来饭没吃几口，小安便找个借口离席了。

　　晚上，她和父母谈起这件事情才知道，这个亲戚一向如此，谁家有点什么事情，也不管别人高兴不高兴，她都会千方百计地去询问打探。

　　小安听了，毫不客气地吐糟了一句："真没教养。"

3

当我们在衡量一个人是否有教养的时候，更多地习惯从宏观的道德标准去考量，但细化到生活中，表现的形式又是千姿百态。

其中有一种教养，就是不过度打探别人的生活。

大学时候选修过一门课——社交礼仪。第一堂课，老师便给我们讲了这样一个故事。

以前上学的时候，她特别热衷于打探别人的生活。当然，她把这一行为理解为单纯的好奇，或者是希望借此更多地了解对方。

她本身又是属于那种自来熟的人，每次和别人聊天，聊到兴起就容易忘乎所以，不知不觉中便开始过度地询问对方的生活，甚至将话题触碰到对方的隐私。所以，很多时候聊天都是以尴尬收场，偶尔还会被别人甩脸色。她也想着去改变，但又总是有心无力，而且也架不住自己的八卦之心。

后来，她就这个困惑咨询了自己的导师，导师首先便直接下了一个结论：过度打探别人的生活，其实是一种缺乏教养的表现。

她有些委屈地辩解说："可是我并没有恶意啊。"

导师说："这无关于你的本意，而是你的行为带给对方的感受。你要记住，谁都不会喜欢把自己的生活全部摊开给人看。"

一个成熟的人，只会将更多的精力着眼于自己的人生。而一个有教养的人，更是不会过度去打探别人的生活。

4

我们每个人都是独立的个体，都希望有自己的隐秘世界。

有教养的人，会懂得人与人之间存在私人化这一概念。谁都不会喜欢别人过度探知自己，特别是一些自身本就不愿袒露的事情。

人与人之间的友谊，并不会因为打破界限而获得提升，只会因为懂得互相尊重而变得更为亲近。

这种尊重就包括了尊重对方的生活，不冒失参与，更不随意打探。

什么样的关系，就掌握什么样的界限。

而且哪怕关系再好，也不应该随意去打探别人，因为过度关注别人的生活，本就是一种极其不礼貌的行为。无论是当面地询问也好，侧面地打探也罢，都应该懂得适可而止。

过度打探别人的生活甚至隐私，说得好听点是八卦，说得不好听点，其实就是没教养。

成熟且有教养的人，都应该明白这样一个道理：

人家不想说的不追问，人家拒绝回答的不打探，无意之中了解到的更不能到处宣扬。

这不但是一种为人处世的情商，更是一种深入骨子的教养。

你的城市风很大，愿你不再晚归家

1

她是土生土长的东北人，亦毕业于东北某高校。

实习的时候只身硬闯到北京，日语专业出身，最后却一头扎进了图书编辑行业。

本是初入职场，又不是相关专业出身，所以上手非常慢。实习工资本来就不高，绩效奖金又拿不到，每到月底都是捉襟见肘。

三个月后，她发现自己已经无力支付下一季度的房租，而房东打了好几个催促电话。拖了几次后，对方直接不耐烦地丢下一句，下个星期还不行，我就直接把东西扔出去。

那段时间，听见电话响她就心里发颤。害怕有一天下班回家，发现自己已经被扫地出门。

我很难彻底地感受到她心里的恐慌，但我能想象到那种突然发现无家可归的绝望。

我问她：有归属感么？

她说：没有，觉得这里不是我的。

北京这座城市，它属于所有人，又不属于绝大部分人。它仿佛是一座梵音萦绕的圣地，但更像一座人来人往的驿站。

我没再继续问，她停了会儿接着说，

"但是在这里，我可以看到很多在家里一辈子都看不到的人和风景。"

2

去年五月份的某个晚上，有位读者突然找到我。

他第一句话便是："楚哥，你还记得我吗？毕业后我留在北方，她回了南方。异地总是各种问题，两人经常隔着电话吵架，她父母又一直催她相亲。在两人不知道多少次争吵后，我突然明白了，再这样下去，我真的要失去她了。

"最后我决定去她的城市，从北方去 1700 公里外的南方。周围人都反对我，甚至好友都笑我幼稚。那时候，我也怕啊，毕业才半年，我根本不知道未来会怎么样。但我就想陪在她身边，永远和她在一起。

"当时我问你：'如果换成你，你会怎么做？'"

我是真的记不起来了，只能试探着说："我猜我可能给不了你任何建议。"

他说："对啊，当时你回了我一句话：'为了一个人背井离乡奔赴一座完全陌生的城市，是世界上最傻也最牛的事情。我只能祝福你。'"

接着他又发来一个开心的表情，说："不记得没关系，我只是想告诉你，明天我要结婚了。她就是我的新娘。"

我编辑了很多话语，又全部删掉，最后只发过去两个字："恭喜"，然后给他发了一个红包。

他说："谢谢。"又给我回了一个更大的红包。

说实话，如果有人再次问我同样的问题，我仍是不知该如何回答，但至少我知道于他而言，在身处他乡的几百个日夜里，因为有了爱情里的一腔孤勇，他不曾感到孤独。

3

大学时候，曾上过一门选修课，老师很年轻，三十出头的样子。

有一次，她和我们分享自己的故事。她母亲早逝，学生时代最大的梦想就是以后可以逃离故土，去一个完全不同的地方。后来在某国外名牌大学博士毕业，梦想慢慢实现。

当时，她已经做好了定居外地的打算，父亲也没有任何反对意见。只是无论她如何开导，父亲都不愿意离开故土随她一起生活。最后她想了很久，还是选择了回国，也没有再去北上，而是直接回到了自己从小长大的省会城市。包括同学、朋友在内的很多人看来，这是一件挺遗憾又不可思议的事情。很多人拼命想要停留的地方，她却选择了主动离开。

她说："其实现在我倒觉得也挺好的，这座城市虽然不够发达，但毕竟是我从小生长的地方，我熟悉它的每一寸脉络，以后在这里结婚生子成家立业，也是一个很好的选择。"

有人说"去拼去闯去远方"，也有人说"树欲静而风不止，子欲养而亲不待"。对于这种永远都没有正确答案的选择，我不知道该如何评价。

她嘴角上扬着说："我们这一代人，被父母从小比到大。直到现在，我不敢说我是最有出息的人。但我可以毫不夸张地说，我爸现在是我们那条街最幸福的老人。"

我这才突然意识到，她的这些话没有丝毫勉强。

那座城市可能不够大，但却足够让她与年少的野心和解，承载她内心的皈依。

4

有人用卫星灯光图的面积去衡量一座城市或城市群的发展程度。

想过没有，在那一团团象征着 GDP 的光斑里：

有人在几十层高的写字楼里加班奋战；有人在出租房里眉头紧锁，核算剩余的钱粮；也有人借着路边的灯光快速走入通道口，去赶最后一趟回家的地铁……在庞大的载体面前，众生皆渺小，我们都是一样地无能为力。

某天下午，我发了个朋友圈：

"你留在一座城市的理由是什么？"

其中有一条回复：

"问我为什么待在这座城市，我真的说不出具体的原因。但只有在这里，我心里才觉得最踏实。"

所有的评论，都在这个回答里得到了最完整的诠释。

只有那些心有所系的人，才能触摸到钢铁森林里属于自己的温暖。

5

和菜头曾在博客里写了这样一段话：

"如果你时常经过北京花园东路，请你帮忙看看位于高德大厦和图书馆咖啡之间的那家云南土特产品商店，然后告诉我它一切安好，还在卖着各种云南的山货，还有昭通酱、油鸡枞和油腐乳。那么，我就可以一直在厨房里做出自己喜欢的酱来，放在面条里，抹在馒头上，度过北京这漫长的冬天。"

后来，有人在他的公众号后台留言：

"菜头，你说的在牡丹园东路上的那家特产店，它还在，但开始和周黑鸭共用一店。我想，它肯定能撑过这个冬天。我在特产商店对面的大厦上班，今年公司业绩不好，整个部门被裁撤……以后不能够常看到它了。最后再跟你报告一次：它还好，应该能撑过这个冬天。"

莫名觉得一阵感动。

这个国度广阔绵长，东西距离5200公里，南北距离5600公里。

大大小小一千多座城市，人口从数十万到上千万。

大家都在穿梭，在涌动。鳞次栉比的建筑里，擦肩摩踵的人潮中，每个人都经历着不同的狂欢，每个人都舔舐着不同的悲伤。

唯愿在你的城市，至少能有一个温暖的理由：

让你在这个冬天，心有炭火；在每个黑夜，脚踏星光。让你不再孤立于风雨，你的心不再是一座孤岛。

你的城市风很大，愿你不再晚归家。

与其迷茫，何不做一件有意义的事情

1

经常会有读者向我发牢骚。

大学生吐槽日子无聊，除了吃饭上课，其他时间就是混吃等死，学校不好，学的专业又不喜欢，都快毕业了还不知道以后可以做什么。

工作的人吐槽生活迷茫，工作了几年，仍然拿着几千块钱的工资，升职无果，未来无望。想跳槽又都差不多，想充电又不知道如何开始。

每一次收到这种消息，我都会选择摊手不语。因为我始终相信一个道理，忙碌的人是没有时间去迷茫的。

有时间迷茫，为什么不尝试去做一件酷酷的事情。

2

什么样的事情才能算作酷？

抽烟，喝酒，文身，打架斗殴，还是一场说走就走的旅行，或者是一次义无反顾的爱情？

就我而言，上面列举的东西我都曾有过，高中差点退学，大学差一个学分就留级，毕业第一年换了四份工作。

但现在想来从没觉得和酷有半毛钱关系，顶多就是"中二时期"青春张扬的印记。

关于酷，网上有一段话说得很好：

"泡夜店、文身、买醉这些看似很酷，其实这些事一点难度都没有，只要你愿意去做就能轻易做到，更酷的是那些不容易做到的事，比如看书、健身、赚钱、用心去爱一个人，这种在常人看来无趣且难以坚持的事情。"

换句话说，能够坚持开始一件有利的事情，并努力去做到极致，这才是最酷的事情。

3

大学同学小博，是我在学业上见过最酷的人。

大一刚入校的时候，当我们还沉浸在刚从高中的牢笼里解脱出来，享受大学带来的刺激与新鲜时，小博就将目标定在了四年后考北大的研究生上。

要知道，我们读的是一所普通的三本院校，考研的时候，目标加上 985 这样的字眼就已经很牛了，而清华、北大这些几乎就是遥不可及的梦想。所以当时他有多认真，大家就有多不屑。

他并不怎么在意，而是用整整四年时间去证明了自己的决心。每天起得比鸡早，有课上课，没课就是一天到晚地"驻扎"在图书馆，熬到最后一秒才回寝室。

大家也逐渐从一开始的不屑，到最后被他彻底折服，他最终也真的以数学满分的成绩叩开了北大的大门。

4

陈哥是我在工作中所遇见的很酷的人。

陈哥三十七八岁的样子，学历只是一个大专生，但他手下管着一大群大学生，其中不乏武大、河海、川大这些一流大学的佼佼者。

他不但管理能力出色，专业技能更是无可挑剔。细数他拥有的证书：一级建造师，造价工程师，监理工程师……还有一个最牛的专业证书：岩土工程师。

岩土工程师是什么概念？就是只要把这个证书挂靠给需要的

公司，坐在家里打麻将一年都有十几万。

当时，他还在施工单位工作，日复一日地守在工地上。他决定进行一项有难度的尝试：向岩土工程师奋斗。

与其他证书不同，岩土工程师需要考的知识不但精深，而且涉及的科目非常广泛。这对于一个已经毕业十几年，书本不曾摸过的人来说，其实是一件很抓狂的事情。

陈哥表现出了他异于常人的自制力。下班或者放假，其他同事都是打牌玩游戏，或者抓住这个机会到处浪荡，而他却把能够利用的空余时间全部用来啃书本。

用几年的时间坚持一件事，堆在房里的相关书籍都有百来斤，当最后他把证书拿到手的时候，周围所有人都觉得酷极了。

5

"每一个胖子瘦下来后都是美女。"很多胖姑娘都喜欢用这句话安慰自己。

姑且不说这句话对不对，关键是"瘦下来"这三个字，对绝大部分嗜吃又不爱锻炼的姑娘来说，无异于登天之难。

有一个高中同学，三年时间都被肉包裹着，平淡无奇。

上大学后，对暗恋的男神不敢表白，直到她看见男生挽着一个娇小可爱的女生出双入对，这时候，她的爱美之心被彻底激活，社交简介栏挂着一个"要么瘦，要么死"的标签，狠下心来制订了各种减肥计划，不再吃夜宵，每天早晚定时晨跑。

不到一年，她整个人发生了翻天覆地的变化。

大二暑期，她参加同学聚会的时候，可谓是亮瞎了我们的双眼，彻底验证了"每一个胖子都是潜力股"这句话：凹凸有致的身材，配上一张五官精致的脸蛋。

她说："瘦下来后，感觉人生就像开挂了一样，真酷。"

6

曾有人问我："我也想写东西，但文笔太差，你可以推荐一些提升文笔的书籍吗？"

每次遇到这种情况我都很无奈。

讲真，只要能够静下心来去看，而且还能坚持做笔记，什么书都可以。小说、诗歌、杂文、军事、宗教、哲学、工具书，甚至一张狗皮膏药的使用说明书都能提升你的语法结构。

但大多数人，也许阅读广泛，各领域的知识都会有所涉猎，但却很少真正看完过一本书，或者真正钻研于某一类型的书。

这样造成的后果便是，聊天的时候什么话题都能参与，但也因此局限了自己的专业水平。

如果你只是掌握着许多浅薄的知识，可能会让你自如地适应各种聊天环境，但如果你是想培养一项技能，想做一件有益而又酷炫的事，那么最好能将某件事情做到极致。

7

很多人不是没有梦想，也不是没有喜欢的东西，但关键在于实行的时候总会半途而废。

看过一个演讲视频，演讲人叫马特·卡茨，一位来自谷歌的工程师。他说：

几年前，我感觉自己陷入生活乏味无趣的惯性之中，于是决定追随伟大的美国哲学家摩根·斯普尔洛克的脚步，尝试坚持30天，做一些新的事情。

这个想法其实非常简单。之所以是30天，因为这刚好是一段合适的时间去培养或者改掉一个习惯。而在30天的挑战中，我明白了几个道理：

与往常时间飞速过去又很快遗忘不同，这段时间变得更加难忘；

如果你真的有一些特别想做的事情，你可以在这30天里做任何事；

我发现当我做一些小的、持续性的改变，做一些我能一直去做的事时，我可以把它们更容易地坚持做下来。

演讲的最后，他说："你还在等什么？为什么不能给自己一个机会，去开始一件你一直想尝试的事情。"

8

最糟糕的生活状况大抵就是，时间永远在变，不变的是自己对生活日复一日的迷茫。

别再等待了，与其终日彷徨，不如尝试去做一件自己觉得很酷的事情。

就现在。

三 // 你还这么年轻，又何必害怕去犯错

一个人最好的成长方式不是想着如何逃避，

而是在还能够承受得起后果的年纪里，

对那些人生不可避免的事情，

尽可能多地去尝试。

也许不幸运，但可以很努力

1

上大学的时候，有一次参加社团活动，活动完后剩下很多废纸箱、塑料瓶。

本来我准备全部扔掉，但被另外一个社友及时制止了。他打了一个电话，不一会儿就来了一个小伙子，年纪和我们差不多，蹬着一辆小三轮。

他麻利地捆绑好东西扔上车，和社友打个招呼就走了。

我说："你们认识啊？"

社友说："那是我同学。"

我有些诧异，开玩笑地说："这哥们儿倒是挺别致的啊。"

那时候，大学生做兼职、搞创业的是不少，但像他这种蹬辆小三轮四处跑，挽起袖子搬家、收废品的，不说独树一帜，但也确实是非常罕见。

他说："这算什么，人家一年到头就没停过，开学和期末蹬三轮搬家，途中兼职卖电话卡、公交卡，做家教……只要能赚钱的，他都干，学费生活费全部自己挣。也是没办法，从小父母就不在了，靠奶奶一个人带大，从上初中开始他就自己挣学费。"

听了后，我既感到敬佩，又觉得有些同情。社友瞥了我一眼："快别同情了，惭愧还差不多。人家读书、挣钱两不误，奖学金、助学金，还有自己各种收入。不夸张地说，现在人家比我们混得好多了。"

我和他没有什么交集，也不知道他后来怎么样。不过我想对于他这样的人来说，哪怕生活再暗淡无光，也遮掩不了他心中自带的光芒。

2

第一年考二级建造师的时候，在培训班里认识一个大叔。

其实他这个年纪考证的人不是没有，但大都只是去碰下运气而已。而且，这行业做到他们这种年纪，也不会太在意那几万块一年的挂靠费。

可我发现他上课挺认真的，厚厚的书本上到处都是标注，笔记也做了好几本。我觉得挺意外，他说："生活逼的，不拼不行啊。"

原来，五年前他以自己的名义作担保，帮朋友贷款五百万搞工程，后来工程出了大问题，朋友被判刑，五百万的债务全部压在了他身上，车子房子都被抵押，还欠下了一屁股债。

当时，他已经四十好几，身边的朋友都不敢轻易借钱给他，想东山再起也没有启动资金。而那时他还有一个正在上大学的孩子，本来正计划着出国留学，出事后，连学费都成了问题。

他想尽办法，从卖衣服到开小饭馆，从跑运输到批发水果，只要能赚钱，他都尝试过。对于这种大起大落的人生，其中滋味自然不会好受。

他倒是很想得开："大活人不能被生活逼死啊，先考个证，有了证以后无论是挂靠还是接工程，都有用处。"

至今都记得他努力听课的样子，那是一种对待生活永不妥协的姿势。

3

我一个朋友的老公高考发挥失常，大学就读于天津一所很普通的本科院校。他在去北京找同学玩的时候，渐渐从心底滋生出一种压迫感。他觉得现在大家都在校园里才没有任何鸿沟，可一旦走入社会，立马就会走向两个世界。

于是他开启了疯狂的学习模式，每天五六点钟起床读英语，全班三十几个人，就他一个人立志考雅思。每当自己快坚持不下去的时候，就跑到北京那些大学校园走一走，回来后立马又像打了鸡血一样。

第一次考雅思，失败。第二次终于过线，最后又折腾了很久，才终于申请到梦寐以求的大学：位于悉尼的麦考瑞大学。

在国外，他的住处离学校比较远，为了省钱每天都需要坐火车上学。而当时班上的其他留学生，有香港亿万富豪的孩子，也有还未毕业便已被澳洲一家知名公司提前预定的学霸。唯独他无论家庭条件，还是学习基础与天赋，都远远不及其他人。

最后一年的时候，考试完他觉得自己十拿九稳，直接打包回国了，可不久却收到了自己挂科的消息，当时眼泪都出来了，挂科就意味着重修，重修就意味着金钱与时间的双重消耗。

后来他查了一下自己挂科的原因，发现不是没有及格，而是成了必需挂科率的牺牲品。但重修已成定局，就这样他又推迟了一年才毕业。

他一直都觉得自己不够幸运，唯一幸运的便是自己足够努力。

4

优步创始人特拉维斯·卡兰尼克,被誉为"史上最倒霉的创业者"。

21岁那年,他第一次创业,但还没来得及盈利,便被29家公司联合告上了法庭,被索赔2500亿美元。最后倾家荡产,东挪西借凑了100万美元和解。

第二次创业更是一个传奇性的悲剧。投资人已经答应投资,但在飞往美国签订融资协议的当天遭遇劫机,意外去世。而合伙人则带着整个团队跳槽。状况连连,让其他投资人也敬而远之。

后来,卡兰尼克决定跑业务,6年时间,每天要打上百个电话,也因此留下了强烈的后遗症,一到晚上耳朵就会疼。

最后一次创业,他做了一个全世界麻烦最多的公司——Uber,第一天出任CEO就收到了法院传票。而在公司走向全球的时候,每到一个国家就会被出租车公司强烈抵制,甚至遭到当地政府的直接封杀。

后来的事情我们都知道了,Uber现在已经在全球遍地开花。

生活不会对你永远温柔,但如果你对未来满怀憧憬,你也就慢慢学会了在逆境中如何保持微笑。

5

生活中总有些人，尽管不够幸运，甚至深陷泥沼，但内心始终充斥着一股躁动，就像遥远地平线上的光，挣脱山峦的围缚，越过无垠的原野，迸射出野蛮生长的力量。

这个世界本就是不公平的，此时的处境可能是曾经的因果，也可能是无奈的命运。

你有着无法改变的贫瘠出身，你有着遥不可及的美好梦想。有些人唾手可得而又随手丢弃的，在你那里却总是努力而不得拥有。但是，尝试在泥泞中抬脚，总好过深陷此中不愿自拔。

明天的意义，绝不是将人生停歇在命运的阴影里，而是要用力地拽着命运不断前行。

你远比自己想象中的更加优秀

1

一位曾在美国 FBI 工作了六年的人像画师，做了这样一个实验。

首先，他召集了一批素未谋面的志愿者，然后依据志愿者们对自身的描述，依次画出他们的素描肖像，整个过程画师与志愿者之间都用屏障隔开。

第一阶段完成后，画师又通过志愿者们身边的朋友、同事对他们的描述，再依次画出他们第二张肖像，然后将前后两张画像进行对比。

有意思的是，通过别人描述画出来的，比自身描述而画出来的肖像，不但容貌上要俊美很多，面部表情亦更显和善、自信。

志愿者们在看到对比画后，亦颇觉惊奇与感动。

其实，我们总是花太多的时间和精力，企图去修正那些本来就美好的东西。因为很多时候，我们常常忽略了这样一个事实：
你，远比你认为的更优秀。

2

刚参加工作的时候，我曾有过一段极不自信的时光。

那时，和我一同进入公司的其他两个新人：一个是小羽，武
汉大学水利专业毕业生；另一个嘉哥，虽然只是一个大专生，但
转设计前就已拥有两年的现场施工经验。所以，从某种程度上来
说，他反而是我们三人当中技能水平最高的。而我，比学历、比
理论基础自然是比不过小羽，比经验更是被嘉哥"爆成灰渣"。

负责带我们三个新手的李哥，经常会从他的项目中分解出一
些任务交给我们。

嘉哥对 CAD、MapgGIS 等制图软件了如指掌，所以总是第一
个完成。小羽则因为有着扎实的理论基础，所以上起手来也是得
心应手，也能较快完成。

而我在学校本就没学多少，靠实习学到的那点东西又完全不
够用，经常是一边问，一边翻书、翻范本，最后花很长时间把自
己弄得精疲力尽，完成的成果又总是觉得不够好。特别是在比较
了嘉哥和小羽的效率及成果后，整个人都陷入了一种对自己极度
失望的境地。

实习期间积累的那点自信，也在日复一日的自我失望中逐渐消磨殆尽。

三个月后，这种现象没有得到缓解，我仍然是那个最早开始，最晚完成的人。而且随着李哥分配任务量的增大，晚上加班开始成为我的工作常态，嘉哥和小羽却不需要如此。

这种感觉糟糕透了，倒不是加班的原因，而是由于一种对自身能力不及的无力感。

那段时间，唯一感到幸运的便是初入职场，就遇到了一位真诚的前辈。每次需要加班的时候，李哥也必定陪我在办公室一起忙碌。

3

有一天加完班后，我们一起去吃夜宵，酒过三巡。李哥突然说："今年你们三个进入公司的新人，大家都觉得挺不错的。"

我想了想，说："这我多少沾了嘉哥和小羽的光，也幸亏这不是实习考核，不然我绝对得打包回家。"

李哥疑问道："为什么你会这样想？"

我觉得他有点明知故问的意思，但正好借着酒力，便将对自身的不满一股脑地倒了出来："难道不是？小羽 Top10 大学毕业，专业基础扎实，学习起来上手超级快。嘉哥更不用说了，两年的现场施工经验，不但作图科学合理，造价预算更是信手拈来。现在更是明摆着的，同等规模、同等造价的三个项目，他们两个正常工作时间便完成了，而我弄到现在才算勉强交差。"

李哥一脸错愕地望着我，说："纵向比较，你比我刚参加工作的时候强太多了。而即便是横向对比，你们三个也只能说是各有优势。"

看着满桌子的东西，我立马提高警惕，说："李哥，我可没带钱啊。"

李哥嘴巴一撇："没和你开玩笑。不只我这样想，公司其他人估计都差不多。小嘉经验丰富，工作起来得心应手是不假。小羽基础好，学历优秀，上手快这也没错。但现在的情况，只能说他们起点比你好，却不能成为你忽略自身优势的理由。每次带你出去，你在外面和相关单位打交道都是能说会道，而且作为工科生，你的文字功底也非常不错。"

4

仔细一想，还真是如此。平时在外无论和建设单位，还是施工单位或者监理单位打交道，我通常都比较自然得体。而在公司内，他们甚至都慢慢养成了一个习惯，就是把文本上交总工前，都会托我核查一遍。

李哥喝了一口，又夹起一块鱿鱼放进嘴里，说："你呀，就是吃饱没事干，愣是要拿自己的短处去与人家的长处做比较，自然被打击得头破血流，自信全无。"

我瞬间有种豁然开朗的感觉。从小到大，我们便一直被灌输这样一个道理：为人处世，最忌讳的便是妄自尊大。

我们绝大多数人深得谦逊之道，可有时候却矫枉过正，不觉中便走入另一个极端，妄自菲薄。

妄自尊大的人存在一个明显的特征，就是习惯性地放大自身的优势，而漠视了自身存在的劣势。那么同样，一个陷入妄自菲薄的人，他的潜意识里绝对喜欢无限放大自身的劣势，而忽略自身拥有的优势。

有时候，妄自菲薄比妄自尊大更容易毁灭一个人。

后者至少拥有一往无前的气势与勇气，虽然终会在现实中撞得头破血流，但从此也就学会了自我审视，脚踏实地。而前者却在一种无能的自我暗示里一步步走向寂灭，不仅踟蹰不前，甚至仓皇后退。

特别是当这种劣势给自身造成困扰时，立马就会陷入一种自我彷徨中，而在这种怒己不争、恨己不能的负面情绪里，又变得越来越不自信。最终陷入这样的恶性循环中无法自拔。

5

我想，人生就是一场不知终点的长途跋涉，既有生机盎然的草原，也有泥泞不堪的沼泽。走在一马平川的草原上，自然谁都是意气风发。可面对困境低谷时候的态度，才是检验优胜劣汰生存法则的唯一标准。

有些时候，让我们陷入绝望的却并不是困境本身，而是我们自己在困境中失去了基本的客观自我认知，将自身的劣势盲目地无限放大，还未开始便已是丢盔弃甲、不战而逃。

生活从来都是无迹可寻，每个人亦有自己独特的人生轨迹。我们不是参照别人的生活方式便能过好一生，解决困境的手段与方法更是无法公式化。

但是我们应该尝试去理解这样一个道理：面对一些形似无解的困境，与其陷入绝望的自我否定，或是盲目的自我提升，清醒的自我认识更为重要。

世界终究没有想象中的那样美好，但也绝不会险恶到彻底无解。我们不会如儿时幻想般三头六臂、无所不能，却也绝不会真的就是不舞之鹤、一文不值。

饥肠辘辘的时候，不要只看到别人有猎兔的枪，却忽略了自己有捕鱼的网。一个人可以被摧毁，但绝不能自毁，永远不要急着去否定自己。

很多时候，你远比自己想象中的更加优秀。

你没必要活成所有人喜欢的样子

1

后台有位读者给我留言，几条信息加起来，洋洋洒洒有上千字。

姑娘姓 Z，2015 年刚毕业参加工作，性格活泼开朗，大学时期便积极参加各种活动，曾任职校宣传部部长，所以她对陌生环境的适应能力极强，与人的交际能力也很不错。

与很多刚毕业的新人不同，Z 姑娘入职不久便和同事们打成一片，很受领导以及老同事们的欢迎。

本来明朗的工作前景、和谐的工作环境让 Z 姑娘觉得一切甚好，工作起来也是得心应手，信心十足。

可就在前两天，一位和她同时进入公司且关系不错的同事告诉她，有好几个新人在背后骂她有心机，她年纪轻轻，却尽会使一些手段，把同事和上司哄得团团转。

听到这些后，Z 姑娘委屈得眼泪都差点掉下来了。她说与那几人从实习到正式入职，自己待她们与其他人并无二致，可为什么她们却会这样认为。

最后她问我，如何才能更好地和她们相处？

我哑然失笑，既然绝大部分人都认可喜欢你，那你又何必去在意这几人的看法。

2

其实，不仅是职场，生活中到处存在这样的困惑。

我们总是迫切渴望得到周围所有人的认可与肯定，所以很多时候就会过于在意别人眼中的自己，从穿着打扮到言行举止，从工作态度到工作方式，小心翼翼地处理每一时刻的自己，可最后却发现无论自己如何努力，哪怕最后你得到了周围九十九个人的认可，第一百个人仍会对你竖起冷眼。

你认为你做得很好，这样为人处世的方式也曾让你在友谊的道路上所向披靡。可你却忘记了万物都具有多面性，总会存在一些利益冲突，而人性更是难以揣摩，这就注定了你无法得到所有人的喜欢与认可。

你喜欢旅游摄影，利用课余时间做兼职，最后攒钱买了一台入门级单反，室友们都对你既羡慕又敬佩，可旁边寝室一个同学看到后，说你自私自利，肆意挥霍父母的血汗钱，换取个人生活的安逸。

你为了更方便办公写字，省吃俭用，几个月不看电影不去旅游，买了一台垂涎已久的苹果笔记本，周围同事都对你啧啧称赞，可一个同事走进来，说你就是盲目攀比，爱慕虚荣。

甚至你路过公司楼下蛋糕店，发现店里正限时打折，你自己掏钱为部门同事每个人带了一份蛋挞，大部分同事都对你表示由衷感谢，可偏偏有人在背后说你没事献殷勤，收买人心。

怎么办？跑去和他们解释？可你不知道，他们因为某些无法启齿的心理原因，压根就没在乎你的行为动机，更不在乎你在实现结果的过程中所运用的方式，他们仅仅只是想抓住最后的结果对你加以抨击。

换句话说，无论你怎么做，都换不来他们由衷的肯定与喜欢。

3

即便抛开人性阴暗与利益因素，单纯从三观的角度出发，每个人的审美眼光与思维方式不尽相同，所以在对待同一个人或者同一件事情的时候，亦会作出不尽相同，甚至截然相反的评价与结论。

我刚入职的时候，有一次参加一个自来水厂的设计，清水池前面多出一大片空地，根据甲方的要求将之作为绿化场地，在材料的选择上我设计选用了马尼拉草皮。可在我将方案与图纸上交到总工手里的时候，被他毫不犹豫地打了回来，原因便是他觉得人工草籽更好。

我觉得困惑，便拿着方案与图纸去找曾带过我的前辈李哥。李哥看了下，并询问了工程总价后，觉得我的方案完全没问题，之所以被打回，仅仅是因为个人喜好不同而已。最后李哥拿着我的图纸与方案去交给总工，果然顺利通过。

生活中很多事情皆是如此，在不违背原则的情况下，因为三观或者喜好的不同，优劣甚至对错都变得不再那么明显与绝对。

同样，当你三观端正，行为举止也未存在丝毫出格的情况下，此时你在别人眼里的样子，其实很可能已经无关于你本身，而是取决于别人的三观与喜好。

4

美国一位行为艺术大师，曾经做过这样一个实验：

参加实验的志愿者是一位名叫马可的中年男子以及六位摄影师。他将马可分别向六位摄影师单独作了介绍，职业各不相同，有渔夫、百万富豪、刚出狱的罪犯、巫师……

然后六位摄影师分别为马可拍摄一组照片，在拍摄的过程中，摄影师会和马可进行全程交流，分享他的经历与故事。

最后拍出来的照片让人大感诧异，对应不同职业的马可，摄影师拍摄出的作品截然不同。

渔夫马可容颜枯涩、历经沧桑；百万富翁马可慈眉善目，像一位热心公益的慈善家；曾经入狱的罪犯马可面目狰狞，一脸凶相；巫师马可神色怪异，诡谲莫测……

实验最后的总结语便是：照片的效果更多的是取决于相机后面的人，远多于相机前的人，在镜头后转换思维，各有所见。

同样的一个人，会因为被介绍时职业的不同，让人产生先入为主的思维，从而作出不同的判断与评价。

这是偏见吗？

是的，这就是偏见，而生活中我们经常会遇到这样的偏见。

因为不熟悉，通过对你有限的认知与了解，再辅之以大量的主观臆测，或者干脆是道听途说，便对你进行了先入为主的评价。

你觉得委屈？是的，既然不了解，那又凭什么要肆意对别人作出判断与评价，可这都只关乎他人的人品与道德。而于你个人而言，你仅需要明白这样一个事实：人家根本没有义务去了解你。

5

列斯科夫说，世界上有两种人，一种是活给别人看，一种是活给自己看。

所以，与其绞尽脑汁却又徒劳无功地想着如何去活成别人喜欢的样子，倒不如努力地去活成自己喜欢的样子。

你不但要能够坦然接受由衷的赞美，更应该学会去承受不被理解的委屈，甚至是恶意的中伤诋毁。

你要明白，生活中总会有人喜欢你、赞美你，同样也会有人讨厌你、恶意中伤你。你越在意别人的看法，越介意别人对自己的评价，你就越容易受周围环境的影响。而且，世界上从来就不存在完美的事物，接纳自己的不完美，本身就是一种宝贵的自我完善方法与手段。

一个独立完整的人格，其本身所应具备的品质便是拥有独立自主的价值观。自卑的人才会迫切地想要活给别人看，自信的人通常都是通过努力去实现自我，演绎自己精彩的人生。

你没必要活成所有人喜欢的样子，也永远活不成所有人喜欢的样子。

这才是你最好年龄的样子

1

曾有位姑娘告诉我：高中时代，她曾经沦陷在一段单恋里无法自拔。

那时候，她喜欢上了班里的一个男生，非常迷恋的那种。每天一大早，她赶在上早自习前，准时将早餐送到男生面前；每次上体育课，她都会准备好毛巾和矿泉水为男生加油呐喊。

哪怕全世界都知道她的心思，男生却始终都是装聋作哑，不主动，也不拒绝。但妹子还是傻乎乎地觉得很满足，暗地里乐开了花。

直到有一天，男生突然和邻班的班花走到了一起。

这对于深陷其中的妹子来说，自然是无法接受的。最后她直接跑到男生面前问他："你知道我喜欢你吗？"

"知道。"男生很干脆地承认了。

"那你愿意接受我吗？"

"对不起，你真的很好，但确实不是我喜欢的类型。"

尽管早已知道会是这个结果，但她仍然感觉无法接受："她有我对你好吗？你不就是认为她身材比我苗条，脸蛋比我漂亮。"

说到最后，她的眼泪不停地往下掉。但男生只是低下了头，没有再说一句话。

2

姑娘高中的时候，谁都知道她有多可爱，但与漂亮却完全不搭边。

五官其实还不错，只不过因为微胖的原因，所以一直给人一种可爱嘟嘟的感觉。她成绩很好，为人也比较热情，人缘自然都不错，老师和同学都很喜欢她。

但这些都无法帮助她虏获自己痴心暗许之人的青睐。

很多同学、好友都为她感到愤愤不平，开始的时候她自己也曾觉得很受伤，认为对方肤浅。为此，她一度沉沦了很久。为此，她的父母也曾很长一段时间都是一筹莫展。

后来她终于想通了，自己喜欢对方，还不是因为对方长得帅气，篮球打得好，成绩也不错。

所以，终归还是因为自己不够优秀。

自此以后，她将更多的精力花在了学习上，考上了自己倾心已久的大学。而在大学里，她也有了更多的时间和精力去提升自己，从外在到穿着打扮到内在的学识修养，从健身房到图书馆。

大学四年，她整个人发生了翻天覆地的变化。不但收获了一段美好的爱情，临近毕业的时候，更是获得了一份众人艳羡不已的 offer。

3

想起以前一部很火的青春电影——《那些年，我们一起追的女孩》。

许多人都记得沈佳宜，但鲜有人知道胡家玮。

每一个女神旁边都会有一个默默无闻的闺密，现实点来说其实就是一个陪衬。她们存在的意义便是更加凸显女神的美丽，顺便帮男生传纸条，给女神出主意。

胡家玮便是这样一个存在，毫无光环地站在沈佳宜身旁，长得不漂亮，成绩也不好。天天看着沈佳宜被众人追捧，谁又能说她心里不曾有过失落。

经年以后，胡家玮由一个学生时代只会画光头漫画的普通姑娘，摇身一变成了颇受欢迎的著名漫画师，聚万千光环于一身。

后来在沈佳宜的婚礼上，胡家玮玩笑似的对他们说："后悔了吧？当年我这么好追，你们全都去追沈佳宜啦。"

言下之意，自己早已不是当年那个女神旁边毫不起眼的跟班，至少她笃定现在的自己已经足够好，足够明亮，所以才能毫无压力地开出这个玩笑。

当胡家玮变成了弯弯，人生的天平亦开始不再倾斜。

4

无法否认，二十来岁的时光，就是我们最美好的青春。

可这也只能代表一个人生理上的巅峰，韶华终易逝。人生还有更多的东西，需要在漫长的岁月里去拾取，去沉淀，去升华。

对每个人而言，永远都只有最好的青春，但绝无法笃定这就是你最好的年龄。

范冰冰曾接受记者采访，在谈到情感的时候，记者问她："你相信豪门的感情吗？"

她不假思索地回答："我没想嫁入豪门，因为我就是豪门。"

17 岁的时候，她站在林心如与赵薇身边，饰演一个一心护主的小丫鬟，所有的光芒都被二人完全遮掩。

22 岁的时候，为了事业的上升，参与了冯小刚的电影《手机》

拍摄，不惜裸露出镜上演激情戏码。

而现在，她之所以能如此底气十足地吐出这样一句话，归根结底，只因她早已不是二十几岁的范冰冰，而是已过而立，但气场却愈加强大的范爷。

5

关于年龄的诠释，我曾看到过这样一段文字：

最好的年龄是，那一天，你终于知道并且坚信自己有多好，不是虚张，不是浮夸，不是众人捧，是内心明明澈澈知道：是的，我就是这么好。

二十来岁的得失，绝不是你漫长人生的影射，你的人生更不会在青春期就戛然而止。不要害怕时间的流逝，学着去接受过去的自己，尝试去拥抱往后的时光。

也许在你最青春的年岁里，你的脸蛋不够漂亮，身材不够苗条，眼界格局也不够宽广，你羞于表达，不敢表白，从里向外散发不出一丝光芒，没有人喜欢你，你暗恋的人又喜欢着别人。

可是，都没有关系啊，未来还很长，时间赐予了你大把的机会去努力，去争取，去赢得一个更好的人生。

你也许输在了青春，但仍然可以赢得岁月。

你还这么年轻，又何必害怕去犯错

1

一个刚上大一的男生告诉我，由于高考发挥失常，他没能考上自己理想的大学，当时一赌气也没复读，直接填报了现在的学校。可是从入学开始，他对自己的学校越来越失望，整个大一他都在纠结一个计划，退学重新参加高考。

我说既然意愿这么强烈，那就勇敢地放手去做。

他说有些害怕，万一失败了，那就是万劫不复。

当"万劫不复"四个字就这样轻易地从他嘴里说出来的时候，我不禁有些好笑。

我说怎么万劫不复，无外乎就是又没考上自己理想中的大学。然后两个选择，要么继续复读，要么调整心态，选择一所相对满意的学校。

他说，如果努力了很久，结果却证明自己做出了错误的选择，难道这还不够可怕吗？

我说是可怕，但如果你因为害怕犯错，而就这样一直纠结到大学毕业，最后留下一辈子的遗憾，那更可怕。

最后我也不知道他到底怎么选择，但我都希望他是以遵从自己的本心为原则，而非由于害怕犯错，害怕承担后果。

而对于他这种过于深思熟虑的表现，只能让人想到四个字，少年老成。

就字面而言，老成只是一个简单的形容词。

可在简单背后，却被赋予了一种岁月的沉淀以及生活的历练。而对于一个朝气蓬勃，又没有任何阅历的年轻人来说，老成非但没有任何意义，更多时候反而是一种阻碍成长的桎梏。

2

很多时候，我们之所以拒绝成长，很大一部分原因便是因为成长会让一个人变得小心翼翼，害怕做出选择，羞于谈论梦想。

人的青春终归是有限的，到了一定年纪，许多事情变得迫在眉睫，生活的压力也随之越来越大。少犯错就意味着会少走一些弯路，也就是节省了大量的时间与精力。

这时候人就会趋于小心谨慎，对于任何冒险的事物会本能地产生抗拒。

张爱玲说，出名要趁早。同样，尝试也要趁早，犯错更要趁早。因为成长是一件容错率越来越低的事情。

记得某个选秀节目中，有位已为人父的大龄选手，年轻的时候迫于父母的压力，自己也害怕努力过后只是青春蹉跎，最后放弃了自己的音乐梦想。而在两年前的时候，他突然决定重新启程，自然遭到了周围人的强烈反对。妻子更是天天和他吵，最后闹得离婚收场。他说这次参加比赛，算是给自己最后一个交代。

很多人感动于他对梦想的勇敢与执着，也有许多人认为他很自私。

但在我看来，如果他能在年轻的时候尝试，就完全可以规避这种后果。那时候去尝试也就尝试了，无非就是失败，但至少那时候还承担得起。

可以这么说，他现在为了自己梦想所付出的代价，其实只是在为年轻时候不敢犯错的自己买单。

3

电影《暮光之城》中，杰西卡在高中毕业典礼上有一段精彩的发言：

五岁那年，他们问我们，长大后想做什么？我们的回答是宇航员、总统之类，或者如我一样，成为公主；当我们十岁时，他们再一次问这个问题，我们的回答是摇滚巨星、牛仔，或者和我一样，想赢块金牌；但是现在，我们长大了，他们需要我们一个严肃的回答，那么这个回答怎么样？

谁知道呢？

现在不是仓促做决定的时候，现在是犯错误的时候。

到处转转，尝试一下失败，多谈恋爱。去学哲学吧，因为哲学绝对没有前途。不断改变想法，因为没有什么是永恒不变的，所以尽量犯错误吧。

当再有人问我们想做些什么时，我们就不用再猜了，我们会知道答案的。

很明显，成长不但是一件自然而然的事情，更是一件私人化的事情。

很多父母，在面对孩子的时候，都会以自己的见解去掩盖孩子的天性，恨不得将自己的人生经验直接复制到孩子的脑海里，甚至习惯性地插手孩子的各种选择。这样造成的后果便是长大后的孩子少年老成，明明没有任何历练，面对问题的时候，却仍然想着怎么规避，怎么尽可能地在捷径中成长。

可是，人生很多事情是不可避免的，无非早晚的区别而已，年轻时候路走得越顺畅，以后摔跤的可能性就越大。

经验的积累皆来源于犯错后的不断纠正，只有当经验值达到了一定程度后，思想与认知才会变得成熟与充盈。

而这时候，很多答案也根本就不需要别人的指点，自然就在自己心里显化出来了。

4

成长的真核，是个人对外界的刺激越发能够趋于本能地作出正确反应。

面对流言蜚语，年轻时候的我们会据理力争，恨不得向全世界宣泄自己的委屈。可后来发现这非但没有丝毫效果，反而遭到了旁人的无端哂笑。

于是便慢慢明白了人性的复杂性，也就懒得去纠结，甚至根本就不屑于去解释，哪管他人闲言碎语，只消自己默默前行。

面对峰顶的明珠，年轻时候的我们会目绽贪婪，总觉得自己足够聪明与幸运，那些心之所向的美好自然会趋于我们的怀抱。

可后来慢慢发现这个世界从来不缺更好的人，你非但不够聪明，不够幸运，甚至你需要很努力才能勉强赶上别人的脚步。

而这些反应，绝不是单纯依靠别人的指点与教导就能形成，更多地需要自己无数次身临其境地去尝试与感受。

壁碰多了，也就懂得痛了；脚磨破了，自然也就掌握了正确的行走姿势。我们都应该学会正确地去理解生命的每一段时期。

对于年轻人来说，很简单，就是不断地去尝试，去摔倒，去犯错，然后去改变，去爬起，去纠正。健康有效的成长，本身就是一个不断犯错，又不断重塑的过程。

一个人最好的成长方式不是想着如何逃避，而是在还能够承受得起后果的年纪里，对那些人生不可避免的事情，尽可能多地去尝试。

毕竟，你还这么年轻，又何必害怕去犯错。

四 // 好的爱情需要等待，更需要努力

爱情不是战争，主动的人亦不会沦为毫无选择的俘虏。
喜欢一个人的时候，主动不仅是一种忠于内心的果敢，
更可能是赢得未来的依仗。

爱情不可重来，主动有何不可

1

　　曾经和一个姑娘聊天。有朋友给她介绍了一个对象，但当时她正心有所属，因此没有表现出多大的热情。对方找她聊天的时候，她也是有一搭没一搭地随便处理。

　　聊了一段时间后，男生知难而退，事情也就此告一段落。

　　虽然以后没有再聊天，但两人仍保留着对方的微信，可以看到彼此的朋友圈。通过男生发的各种动态，她发现自己竟然对男生慢慢有了兴趣，也开始主动从朋友那里获取男生的信息。

　　再后来她发现自己越来越喜欢对方，这种感觉甚至超过了自己曾经暗恋的对象。

　　于是她鼓起勇气，又主动找对方聊天，但对方很明显已经没有了曾经的热情，不仅不再主动，而且感觉还有些生疏。

她既懊恼又伤心，懊恼自己当时不懂得珍惜，伤心对方对她的态度。

她问我："你说我主动去追他，这样好不好？"

我说："好啊，喜欢就去追，没错啊。"

她没有立刻回复我，而是过了一会儿后，给我发来一串消息："我是真的很想和他在一起，也愿意主动去追他。可我终归是个女孩子，如果由我主动的话，那么即便真走到了一起，他也许会认为我是一个随便的人，以后也可能不会懂得珍惜我。"

2

不得不说，现在持有这种想法的人太多了。

很多女孩子，明明喜欢一个人，但又要把自己伪装得不着痕迹。

每次和对方相处，都要强压内心的躁动，装作云淡风轻的样子。暗地里却不放过任何有关于他的信息，心里的小雷达更是时刻注视着他的一举一动。幻想各种甜蜜的情景，制造各种偶遇的场合。

既希望对方知晓自己的爱意，又害怕对方洞察到自己的心事，在一种思而不得的心绪里痛并快乐着。

直到有一天，突然看见对方和一个女生走在了一起，于是伤心欲绝地去找闺密大吃一顿，然后隐隐作痛几个月。

讲真，这一点也不感人。

面对自己心仪男生的时候，很多姑娘会陷入一个思维误区：女孩子不能主动，否则会让对方觉得自己是一个随便的人。而且，太容易得到的东西就不懂得珍惜，更何况是主动送上门的女朋友。必须要矜持，必须得等他主动追求自己。

其实，最后你们会不会分手，和当时谁先主动真的没有任何关系。合适的话就能走下去，不合适且又无法磨合，双方都不愿意妥协，那么就只能一拍两散，各安天涯。而他懂不懂得珍惜，会不会出轨，更关乎于他的人品。

花心的人，他可能会用尽全力，使出所有套路去追一个女孩子，但这并不能改变最后他出轨的结局。同样，只要两人的频率吻合，郎情妾意，谁又会在乎最开始的时候谁主动，谁被动？

3

我还听过一种更可怕的观点，女孩子的主动其实就是作贱自己。

每次听到这种另类的"直女癌"思维，我都会产生一种置身于千百年前的错觉。你为什么不干脆待字闺中，顺便裹个脚呢？

在她们看来，一旦女生主动了，就意味着以后两人相处的时候地位全无，什么都得听对方的，甚至不能使小性子，不能撒娇，时刻都得照顾对方的情绪。

荒谬得毫无逻辑。

虽然是你主动不假，但你追求的是一个男朋友，又不是领养一个儿子，压根没必要泛滥这种悲观的母爱。

一个大学同学，今年上半年奉子成婚，新娘比他大了一岁多。

两人相识于学校的驾校。当时同学刚读大二，而女生则已经大四，准备拿完驾照就去实习。在快要大学毕业的时候，女生主动追求了男方，最后两个人走到了一起。

其实当时我们并不看好这段感情，原因很多。

可最后的结果却是两人风风雨雨地走了过来，周围的人分分合合，唯独他们两个雷打不动。

虽然是女生主动追求的我同学，但我们在他身上看到更多的是珍惜。他总觉得自己足够幸运，才能得到这样一个优秀的女孩子主动垂青。

4

全社会都在挥舞男女平等的旗帜，高学历者中女性占据的比例越来越高，女性在群体中的声音也越来越大。可在面对爱情的时候，大部分人却仍是囿于男攻女守的思维定式。

当然，从最原始的生理特性来说，女性的情感意识倾向于保守防卫。但如果在面对一段自己钦慕的爱情时，主动又有何不可？

我喜欢你，我主动去追求你，但并不代表你就吃定了我。我只是觉得我们可以尝试相处，合适的话就用力相爱，不合适就大路朝天，各走一边。

这无关于其他，更多的是一种发自于内心的自信。

爱情不是战争，主动的人亦不会沦为毫无选择的俘虏。喜欢一个人的时候，主动不仅是一种忠于内心的果敢，更可能是赢得未来的依仗。

爱情不可重来，主动有何不可？

你是年少的欢喜

1

和一个读者聊天，她说自己总是无法走出前男友的阴影。

三月份和男友分手后，她也尝试过发展新的恋情，但总是还没开始便选择了退缩。

曾有人问她喜欢什么样的人，她脑子里出现的全是前男友的名字。

她说："有一段时间思维特别可怕，就是那种什么也不要，也不管对方优点缺点，一门心思地认准对方，就想要和他过一辈子。"

公司上个月新来的前台小姑娘，每天给同事们喂成吨的"狗粮"。

每天下班的时候男友都会来接，各种嘘寒问暖；有时候外面刮风下雨什么的，也会抽空跑来送衣服、送热奶茶；隔三岔五就给她们这些同事买小礼物或者零食，希望她们对小姑娘多多照顾。

有一次，小姑娘和她一起上晚班，凌晨一点才能下班。小姑娘的男友应该是有应酬，直到十二点多才带着满身酒气急匆匆地赶过来接她。

那个男生对她说："我家小姑娘每天很辛苦的，要在前台坐五六个小时嘞，麻烦你们好好照顾她啊！"

回去的路上，她形单影只地哭了一路，一边羡慕着小姑娘男友的关怀备至，一边抗拒着任何情感的发生。

"前任和我相识于牌桌，"她说，"当时他赢了我一局，而我却输了所有。"

2

一个亘古不变的话题：忘记一个人最好的方法是什么？

也许很多人会说，时间和新欢。

这已经被众多饮食男女奉为真理，也成了情感导师治愈失恋者的良药，曾经我亦深以为然。

只是后来发现，很多人经历一段感情分手后，时间并没有让那个人从心底完全抹去，总会在某个熟悉的场景，记忆裹挟着疼痛，乘虚而入。

同样，后来遇到了很多人，经历了很多感情，但在每次结束后都发现，那个人那段感情，其实都是如此似曾相识。

时间和新欢，或许可以麻痹一个人，但却无法让人获得真正的解脱。

经典话剧《恋爱的犀牛》中，郭涛饰演的马路有这样一段话：

"也有很多次我想要放弃了，但是它在我身体的某个地方留下了疼痛的感觉，一想到它会永远在那儿隐隐作痛，一想到以后我看待一切的目光都会因为那一点疼痛而变得暗淡了，我就怕了。"

如果将它放在逝去的情感中，多么一针见血。

其实上面那段话还没有完，后面还有一句：

"爱她，是我做过最好的事。"

抛开不甘却又无可奈何的原因，当一个人能够淡然说出这句话的时候，我想至少他应该已经明白了一个道理。

爱情是自己的，喜欢一个人的时候可以无条件赠予，但是散场的时候，还应该保持一种能将爱情随时收回的能力。

你的喜欢，你的爱情，只有在对方与你同频的时候，才拥有其应有的意义。

3

有一个好友，曾经和前任分手后，周围很多人倾心相劝，他自己也尝试了各种不同的方法寻求解脱，但都所获甚微，一个大男人萎靡了整整一个学期。

直到暑假他都未能走出来，有次因为过于思念，鬼使神差地直接订票连夜赶去了女生所在的城市。

凌晨时分，一个人在陌生的城市里毫无目的地游走，几个小时走了一条又一条街，几乎将那一座本就不大的城市丈量个遍，后来发现自己又走回了车站。

抱着求复合的目的而来，但最后却选择原路返回。

至今我们都不知道当时他想了什么，反正自此以后他便一扫从前的颓废模样。

其实，真正可以让人放下过往的，永远都不是时间和新欢，在后来的时光里，甚至是某一瞬间，突然明白了生活的不完美，接受了未来的多样性，渐渐没有了执念。

这才终于拥有了云淡风轻与过去握手言和的力气。

所以有些人能够快速得以解脱，也有些人走了很久仍是兜兜转转，寻不到出口。

网上有一句流传甚广的话"你是年少的欢喜"，深沉婉转。

而如果将之倒过来，"喜欢的少年是你"，炙热直白。

这句话很多人都很熟悉，也被很多年轻男女用来表白，撩拨而又浪漫。但如果仔细思考，其实两者之间并无相同之处，它们甚至代表着我们心理轨迹上无法逆转的节点。

喜欢的少年是你，那是初次相遇毫无理由的怦然心动。

你是年少的欢喜，则是阅尽繁华后一念空明的幡然醒悟。

4

回忆真的是一种很矛盾的东西。

当自己不再困顿其中的时候，哪怕是那些执拗的争吵，你也会觉得甘甜美好；反之，即便是那些曾让你怦然心动的瞬间，想起来也如赤脚踏刃，反复承受着万蚁噬心的疼痛。

我们明明知道，人生就这么长，我们需要很努力才能让自己的人生变得更好一点，爱情真的只是生活中很小的部分。

但也就是这个很小的部分，却总让很多人在漫长岁月里备受煎熬，拖慢自己人生的进度。

可是，喜欢真的不应该仅局限于一个人、一段感情。你喜欢那时候在一起时对方无微不至的关怀，喜欢他望着你时温暖明媚的微笑，喜欢他身上不同季节的味道。

但是，当对方离开后，你也应该尝试去喜欢那段情感赋予自己的成长，喜欢后来那个更勇敢的自己，喜欢每一个风和日丽的日子，喜欢未来恰逢其会的每一种可能。

可以接纳一个人，但同样也可以接受一个人。

什么是喜欢？

于漫长的人生而言，喜欢应该简单而又洒脱。

喜是邂逅时的欣喜，欢是离别后的清欢。

爱情里，这样的套路最撩人

1

表姐刚参加工作的时候，年底公司年会举办活动，各个部门都要求参与。

表姐是标准的艺术生，部门领导自然将这个任务摊到了她身上。她也不负众望，最终以一曲火辣劲爆的桑巴舞征服了所有同事。

本来表姐就长相、气质俱佳，而她的性格则比较温婉宁静，这种台上台下的巨大反差，瞬间让很多本就垂涎已久的追求者摩拳擦掌，跃跃欲试。

让众人惊奇的是，表姐最后选择的不是家境殷实的富二代，也不是看似前途无量的事业新星，而是一个看似平凡无奇的男生。

身边的人都为她感到可惜，甚至有人直接说她被男生套路洗脑。表姐对此都是不予理睬，懒得回应。

曾经我偷偷问表姐："是不是那哥们儿套路太深，把你给套进去了？"

表姐说："女生都喜欢甜言蜜语啊，向往浪漫更是女人的天性，但并不代表我没有基本的鉴别能力。"

2

果然，他们在一起三年后结婚了。婚后两人来我家串门，有一次，我开玩笑说："姐夫，你段位这么高，倒是不吝赐教地多教我几招啊。"

姐夫对我眨眨眼睛，使出一个理所当然、高深莫测的神秘微笑，逗得旁边的表姐对他直翻白眼。

全程聊天下来，姐夫一边和我们开玩笑，时不时还会言语上揶揄下表姐，但他身子几乎没有停过，剥橘子，切苹果，然后自然地摆在表姐面前，旁人递给他们的东西，哪怕是一杯水，也是习惯性地先放在表姐身前。这仿佛已经成了他一种本能的日常行为。

事实证明表姐的眼光有多么好，姐夫是一个将浪漫与现实完美结合的人。

他会偶尔贫嘴逗她开心，也能在她难过的时候给她厚实的拥抱；他会吃完晚饭，突然兴起就拉着她去看电影，也能回来后一个人把碗刷得干干净净。

表姐最常说的话就是，当时追她的人当中，哪一个不是套路千万，但只有在姐夫的那些套路里，才感受到了那份令人踏实的真诚。

3

现在网络上有一句很火的话："自古深情留不住，总是套路得人心。"很多人喜欢将这句话用来调侃甚至自嘲。曾经我将这句话发给一个女生，问她什么感想。

她说，如果两个其他条件大致相等的人，一个木讷刻板，但真心实意地喜欢你，还有一个虽然浪漫，但你无法确定他是不是走心，这时候选择会变得非常困难。但如果两个人都是真心实意喜欢你，一个古板，一个撩人，这个还需要考虑吗？

我竟无言以对。

所以，不是深情留不住，而是这种深情在对方眼里一开始的时候就是无用的。也不是套路就可以得人心，而是因为看到了对方套路背后爱你无悔的信念。

女人是天生的浪漫主义者，对待情感有着极高的感性需求。

但同样，她们有着极其敏锐的自我保护意识。

她可能会因为阅历尚浅，或者对方套路太深而不知所措，最终让你套得芳心，但日久更见人心，套路可以让她眩晕一阵子，但绝对无法蒙蔽对方一辈子。

换句话说："女生可能会因为套路喜欢你，但也可能最终会因为无心的套路离开你。"

4

以前看过一部爱情喜剧电影——《全民情敌》。

威尔·史密斯饰演的男主是一位成功的恋爱专家，专门帮追求者量身定制各种套路。在他的帮助下，有上百对男女成为情侣甚至走入了婚姻。

偶然间，他爱上了一个女人，而让他感到颓丧的是，平时帮助别人收获爱情并且屡试不爽的各种套路，放在自己身上的时候却完全失效，甚至反而让对方把他看成一个十足的渣男。

影片的最后有人问他："在这场爱情中你做了什么？"

他很坦诚地回答："什么都没有做。"

也是在那时候，他突然明白了爱情的真谛。他飞奔到心爱的人面前，手舞足蹈而又语无伦次地表达出了自己的爱意。

最终获得了对方的青睐。

电影里有一句台词让人印象深刻："爱情的原则就是，没有原则。"

同样，任何结局得以完美的爱情，所依赖的最成功的套路，其实就是没有套路。

不怕你无心地浪漫，就怕你真诚地撩人。

而且，并不是每一种浪漫都可以虏获人心。

她说喜欢花，你给她买了一整车的玫瑰，她只会感到惊喜，真正能让她为之倾心的却是你不惧荆棘为她采撷的一朵玫瑰。

特别是到了一定的年龄，有了足够的阅历后，都会渐渐明白一个道理：有些人花样百出，却只能让你浪漫一阵子；还有些人同样套路齐飞，却可以让你浪漫一辈子。

很多时候，打动一个人的并不是精彩纷呈的套路，而是套路后那颗付出无悔的真心。

这才是爱情最糟糕的样子

1

"当初决定和他在一起，就是图他对我无条件的好。"

在当下许多爱情甚至婚姻关系中，经常会听到这样一句话。而通常当事人说出这句话的时候，语气里总是透露着无奈与悔恨，至少当时的情感状态不会太好。

在我收到的众多情感问题中，有两类问题占据着相当大的比例。

"他对我很好，可我却真的不喜欢他了，却又不知该如何在不伤害他的情况下提出分手。"

"为什么我一直对他很好，却总感觉他离我越来越远？"

看似截然相反，一种是思索如何分手，一种是想着如何挽留。

　　但具体到两个人各自的感情中，不难发现，两者的情感状态是相似的，都是因为陷入了一种"因为好"而无所适从的困顿。这种现象在当下非常普遍。

　　很多人开始一段感情，并不是因为对方有多好，而仅仅是因为对方对自己好。看似微小的差别，结局的走向却是截然相反。

　　对于后一种情况来说，爱着的人觉得委屈，为什么我做这么多，还是不够；被爱的人又觉得被捆绑，这样分手会不会太残忍。

　　其实，这就是爱情最糟糕的样子。

2

　　开始一段爱情的时候，似乎很多人都不明白这个道理。

　　图什么都可以，就是不能单纯地图对方对自己好。

　　你可以图他多才多艺，图他幽默风趣，图他的外貌，图他的金钱、社会资源、未来潜力……但为什么偏偏要图他对你好？

　　并不是说不需要对方的好，相反，这是两人在一起的表观基础。只是作为个体，我们自身应该更清晰地明白，一段感情并不仅仅由单方面的付出而构成。

　　因为感动而开始的感情，也总会因为不再感动而变得寡淡。

　　什么是对你好？无外乎就是无休止地付出。但两个人的相处随着时间的流逝，维持这种关系的阈值也会越来越高。

最开始的时候，天冷的时候给你一件衣服，生日的时候给你一束玫瑰，失落的时候给你几句安慰，足以让你感动。可是后来，同等的感动，需要的付出值越来越大。

直到最后，你会发现哪怕对方付出再多，也无法让你内心向他靠近一点，甚至对方这种无休止的好，反而变成捆绑自己无法离开的道德枷锁。

因为这种盲目的开始，最后演绎了一个最悲哀的结局。

3

某天，又去参加了一场同学婚礼。同去的小伙伴们完全没有放弃秀恩爱的机会，媳妇、女友……合法，不合法的，反正是能秀恩爱的，都带上了。

胖子身边却没有了上次同行的姑娘。一问之下，果然是分手了。并不是因为胖子做得不够好，相反，他做得很好。

从开始追求，到两人走到一起，无论工作多忙，每天都会主动找对方聊天，节日有红包，生日有惊喜。一发现对方有情绪问题，能够立马放下手中的工作，跨越大半个长沙跑去嘘寒问暖。

最后一次交流，胖子向对方表露出结婚的意向。对方咬着吸管："你对我很好，让我好好考虑一下，行吗？"然后就是两人默契的互不打扰，再无音讯。

记得年初参加另一同学婚礼，胖子携女友同行的时候，两人相敬如宾，却彻底偏离了现代情侣的相处模式：甜腻，随意，激情。

综合结局可以发现，原因其实很简单。女生在自我迷失中接受一段感情，最后又因为自我回归而结束这段感情。

因为觉得对自己足够好，所以女生纠结很久却无法决绝地提出分手。

但也正是因为在自己眼里，只剩下"对自己好"，所以在最后决定人生走向的时候，选择了一拍两散。

4

不得不说，当下社会很多人都活得挺矛盾，一边打着宁缺毋滥的旗帜，一边却又总在某个情感空窗期盲目地开始一段感情。

弗洛伊德间接证明了人终究是感性动物，面对突如其来的爱情，我们可能会抛下许多曾经框定的条件。这都无可厚非。

但有一点，任何事物都有它独特的原则，一旦突破这个原则，便失去了它应有的意义，再去努力也就成了费力不讨好的无用之功。

而爱情的原则很简单：爱情的本质源于相互吸引。

"和他在一起，就是因为对我好。"这句话的隐藏之意非常明显，至少在自己眼里，对方没有能吸引自己的特质，至少没有一种能够上升到取代"他对我好"的其他优点。

5

一个人喜欢你，那肯定是对方在你身上看到了特有光芒。而反之，如果他身上没有任何让你迷恋的特质，而仅仅是凭借一往无前地对你好，可能最后感动了你，也感动了他自己，但无论如何，这时候的感动其实最廉价，也最欺人。同样，当有人告诉你"和你在一起，就是因为你对我好"，相信我，这不是你的幸运，而是一种毫无选择的悲哀。透过对方的眼睛，你能捕捉到弥漫在他心底的踟蹰与无奈。

而更为恐怖的是，这种失望随着时间的流逝而不断放大，进而沦为对爱情的彻底绝望，最后变成捆绑对方无法告别的心事。

很多时候，爱情还是应该挑剔一点。

至少，如果你对生活并没有完全迟钝，对未来还存在些许期望，那么，你就应该规避一无是处的开始，远离这种爱情最糟糕的样子。

爱是这样，被爱亦是如此。

别等一个对你永远关机的人

1

我在群里扔了一个问题："对方的什么行为，最让你觉得无法忍受？"

控制欲极强，每天恨不得把你拴在裤腰带上；喜欢翻旧账，有问题就把以前的事情翻出来吵；小气，一到花钱的时候就装死哭穷，谈感情；脑袋有坑，没事就爱把前任摆出来比较……

群里炸开了锅，各抒己见，大有将讨论变成一场情感批斗会的趋势。

最后轮到阿来的时候，她说："给他发完消息后，却感觉他消失了一样。"

2

阿来曾经喜欢一个男孩子，很喜欢的那种。

夏天帮他挑 T 恤，冬天为他织毛衣，甚至在他和室友打游戏的时候，她都会帮他及时把饭打包送到寝室。

男生的缺点很多，不爱学习，也不够细心，身边的朋友都觉得男生对她不够好。当然，她自己也知道。

不过，这些她都能忍，唯一让她无法忍受的便是对方从未及时回过她的消息，每次都要等很久才能收到对方的回复，甚至有时干脆是音讯全无。

开始的时候，她都会安慰自己，对方肯定是很忙，或者没有注意到。可这样的次数多了，她便知道对方根本就不是忙，也不是没有注意到，而是压根就懒得回复。

最后她提出了分手。

她说："欣喜的时候，第一时间想找他分享。悲伤的时候，第一时间想向他倾诉。遇到事情举棋不定的时候，又是第一时间想得到他的意见。

"可如果这些情绪，传递给他后便如石沉大海，甚至在他那里都成了一种打扰，那又还有什么在一起的理由？"

3

曾有人喜欢用秒回来衡量一个人是否在乎自己。

这不但有些无理取闹，而且极其幼稚。

朋友也好，恋人也罢，谁也不可能二十四小时把眼睛贴在手机上。能够在你发出消息后，下一秒便立刻给你回复的除了网络诈骗，就只有自动回复。

每个人都有自己的生活，当你期冀别人为你随时待命的时候，其实就是在给自己打上苛刻的标签。但是反过来说，现在大部分人确实又与手机寸步不离。

吃饭的时候，上厕所的时候，聚会的时候，甚至上班的时候，手机摆在办公桌上，都能保持十分钟一浏览，哪怕明明没有任何消息。

所以，如果一个人经常性地长时间不回复你的消息，那说明他确实不在乎你。他只是没有直接对你说出"请勿打扰"四个字，而是选择用怠慢的方式表达自己内心的冷淡，甚至抗拒。

尽管你没有苛求对方一定要秒回，只要他在看到消息后能及时回复，哪怕是一句："等一下，我现在很忙。"

4

曾经有一次我们去工地现场。

地点在偏远的山区里，当时与我们一起的还有甲方一个三十几岁的造价员。当我们准备深入水坝内部厂房的时候，他电话响了，但是信号不是很好，每次接通都只听他"喂喂"几句便没了下文。

折腾几次后，他干脆和我们打声招呼，然后举着手机"吭哧吭哧"地往坝堤上跑去，剩下大伙目瞪口呆地望着他。

可等他把电话接通后，第一句话就是"老婆，我很好，只是这边信号不好"。

所有人都笑了起来，后来挂断电话，他对我们笑笑说："不回她的话，她会担心的。"一句话让大伙止住了笑声。

有时候，回复的不一定是很重要的事情，但却是一份安全感、一份牵挂。

5

当一个人将心中的情绪传达给其他人时，就会本能地希望尽快获得对方的反馈。

任何情绪都是有时效性的，快乐也好，忧伤也罢。它们都会随着时间的推移而改变，上一秒情绪还围困在胸口里横冲直撞，下一秒便可能立马潮水般消逝。

你上午告诉他你很开心，他下午回复你怎么了，你只能回答没怎么，因为确实已经没有了当时的欣喜。

你昨天告诉他你很难受，他今天才问你出了什么事，你只能告诉他没什么。或许你还难受，但却已经选择了自我消化。

甚至上一刻你看到的某个触景生情的场景，下一刻就有可能变成一种难以启齿的矫情。

很多时候，不是故作姿态，而是时间的冷却以及对方的延迟，让自己失去了当时那种急切想要与之分享的渴望。

6

而且，你是否想象过这样一个场景。

当你发送一条消息，捧着手机期待着各种可能的回复，他却在点开消息后又立马合上，继续打开和别人聊天的窗口，兴致盎然地聊天打趣。

对于自己在乎的人，没有人会永远忙碌。最大的可能，是他在和全世界收发信息，只是对你永远关机。

现在如果你还问我，喜欢一个人，但对方每次都是延迟很久才会回复消息，怎么办？

尽管你不愿意相信，但我还是要告诉你：

别等了。

我用缓慢的、笨拙的方式爱你

我用缓慢的、笨拙的方式爱你。

几乎不说话，仅有只言片语。

——《冬天的诗》

你有没有这样爱过一个人？

他宿落在你内心最柔软的角落。在你眼里，他是完美的，无瑕的，光芒闪耀的。但你又像守着一个古老的秘密，无法袒露，不愿声张，在言语或者肢体表达的时候亦总是陷入僵硬。

或者，你有没有被这样的人爱过？

他不善言辞，看你时总是冗长的沉默，但不掩眉宇间尽是温柔。唇齿间从未吐露哪怕一丝爱意，却在每个烈日当空的午后，执拗刻意地走在你前面，将你包裹在他颀长的影子里。

1

曾有读者和我抱怨，说自己的老公太闷，不会讲浪漫的情话，情人节没有玫瑰与巧克力，结婚纪念日没有烛光晚餐。

和闺密聚会，人家的老公要么妙语连珠，能言善道，要么见识广博，多才多艺，唯独他经常默默地坐在旁边，少有言语。

我说，如果可以让你老公和他们对换身体外的一切东西，性格、三观、才能……你愿意吗？

她不假思索地回答："当然不行。"

我说："为什么？"

她说："因为我爱他，而且他也爱我啊。"

说完后，似乎感到有些不好意思。她说："我下班比他晚，他每天回家的第一件事情就是打开热水器，然后做饭。当我回到家里的时候，通常饭菜刚好做好。等吃完饭，热水也烧得刚刚好。"

"他没有突出的特长，也没有特别喜欢的东西，但只要我喜欢的他都喜欢。无论发生多大的事情，只要看到他在，我就一点也不担心。"

很平常，但言语里尽是甜蜜。

爱情是一种很奇怪的东西。

有些人热情似火，恨不得将对方糅进自己的心脏，拥抱触摸彼此的每一寸经脉；但同样也有些人含蓄无声，只是在对方看不见的角落里静静注视，捕捉对方的每一缕呼吸。

2

老一辈人的爱情大都如此吧。

奶奶从小体弱多病，只能做一些轻松的手工活。嫁给爷爷后，爷爷从未让她干过重活，在上世纪六七十年代的农村，这是无法想象的。拖儿带女一大家子，八个人全靠爷爷一个人养活。

但爷爷从未有过怨言，父辈们都说爷爷其实并不是一个好脾气的人，但在我的印象中，他从未对奶奶说过一句重话。

老两口都喜欢打麻将，但只要奶奶在场，爷爷都是坐在旁边默默观战。

爷爷有时说话做事不对，奶奶埋怨他几句，他通常就不再发声，甚至有时像个孩子一样略显尴尬。

几年前，奶奶病危，医生表示无能为力。听叔姑他们说，爷爷经常躲在外面偷偷抹眼泪。

对老一辈人的婚姻，我们想到最多的几个字就是"父母之命，媒妁之言"。有时候我们根本就不会将爱情两个字与他们联系起来，既由于时代，也因为年龄。

2014 年，爷爷因为车祸意外去世，奶奶仿佛瞬间被抽空了所有的力气，身体也每况愈下。直到年初奶奶去世的前两天，我陪她聊天。

她说："如果不是你爷爷，我是活不到这么久的。"

他们一辈子最美好的时光，都挣扎在物资匮乏的年代里。爱情这个词语，于他们而言是抽象的、陌生的。

没有动人的情话，没有甜蜜的约定，没有催泪的誓言，同样没有造作，没有虚假，没有油腔滑调，一切都很自然，但举手投足全是爱情。

3

曾看过一部韩国电影——《釜山行》。

电影开头上车的时候，女生在其他同学的起哄中，主动坐在了心仪男孩的旁边，直接而又笃定地告诉他："你只需要接受就好了，这是你的宿命。"

霸气而又直接，男生没有说话，但从嘴角浮起的笑意可以看出他内心是欢喜的，只是男生的爱情感观迟钝而又笨拙，只在沉默中收发彼此的爱意。

无论是后来男生为了拯救女生，不顾危险地与其他两人穿过几节满是丧尸的车厢，还是最后带着她一路逃亡，都验证了这段感情并不是女生的一厢情愿，而是两个人的彼此爱慕。

开始时候的大战丧尸，后来又一路逃亡，男生都表现得坚毅而又沉稳。

直到剧末女生不幸被丧尸感染，这一刻，他才陷入了从未有过的慌乱，不停地自语："怎么办？怎么办？"就像被夺走了最需要守护的东西，所有的一切立马失去了意义。

所以他没有再逃跑，而是紧紧地抱着她，直到对方的牙齿深入他的脖颈。

直到最后，男生都未吐露出一个与爱有关的词语，却在一次次笃定、决绝的选择中告诉对方：

我是真的很喜欢你啊。

4

有人说，暗恋是世界上最美妙的体验。

隐忍的意动，沉默的好感，喷薄欲出的爱意被压制在胸间，冲撞着，翻滚着，欲罢不能。

那么我想，被一个含蓄内向的人深爱着，而恰好他又是你喜欢的人，那应该不失为一种幸福的体验吧。

就像一个守护着糖果的小孩，小心翼翼地贪婪，你的一切情绪都直接投影到了他的世界，欣喜你的开心，感伤你的难过。

我没有妙语连珠的口才，说不出感天动地的誓言；我没有妙

笔生花的文采，无法给你写华丽冗长的书信；我没有充满磁性迷

人的嗓音，不能为你唱动听撩人的情歌。

　　我用缓慢的、笨拙的方式爱你。

　　几乎不说话，仅有只言片语。

你走吧，最好别再回来撩我了

1

很多人都遇到过这种情况。

你喜欢一个人，但是他却不喜欢你。最后你好不容易用尽了全身力气将他从你的生活中抽离，但每次就在你快要将他忘记的时候，他又主动出现在你的生活里，甚至反过头来撩你。

你以为他发现了你的好，正要再次不顾一切扑向他的时候，他却脱身了，剩下你一个人沉沦在这种永无休止的痛苦中。

有读者和我说："我不怕他不喜欢我，也不怕他最后和别人在一起，但我想不通他明明就不喜欢我，为什么还要反复撩我。"

我说："因为他是人渣啊。"

2

认识一个女生，很乖巧可爱的那种，性格也十分开朗。可在遇到一个男生后，整个人彻底发生了改变。

两人是在朋友的生日聚会上认识的，男生属于那种能唱能跳，各种段子信手拈来，反正是很能活跃气氛的那种。

在玩游戏的时候，姑娘很明显地感觉到男生对她和其他人的不同，这种彼此之间微妙的异样让她有些面红心跳。

聚会结束的时候，男生主动向她要了联系方式。

往后很长一段时间，男生经常找她聊天，从最开始循规蹈矩地谈工作、谈生活，再到谈感情，然后再开一些无伤大雅的玩笑，最后便开始肆无忌惮地撩拨她。而女生也渐渐对他萌生了好感，心也开始不设防地向他靠拢。

本来她认为他们之间就差一个表白，而且这也只是时间问题。可就在她等着对方摊牌的时候，她从朋友那里偶然得到了一个消息，男生一直和前女友纠缠不清。

朋友在知道他们的事情后，更是提醒她，这个人对待感情比较随意，不要稀里糊涂便把自己搭进去。

3

她开始主动示意男生，观察男生的反应。让她失望的是男生在得到她的暗示后，反而开始退却，态度也变得冷淡下来。尽管有些失落，但那时候她还没有失去理智，狠下心来便决定断绝这场"烂桃花"。

让她没想到的是，在她选择退出后，男生却又开始回过头来撩她，并且是极其猛烈地进攻，各种撩拨手段花样百出，让她本来趋于封闭的心又逐渐被打开。但每当她从旁侧击男生与前女友的问题时，男生又总是巧妙地逃避。等她心灰意冷决定撤退的时候，他又立马贴了上来。

反复几次后，女生整个人的情绪变得起伏不定，每天都是郁郁寡欢。周围朋友都劝她趁早放弃，但她已经在男人欲擒故纵、若即若离的反复撩拨里深陷泥沼，无法自拔，甚至是不愿自拔。

我们周围人除了一阵唏嘘，也是无能为力。

4

有一句话说："有趣的男人是春药。"但却没有人告诉你，如果一个男人仅是有趣，却不能对你有心，不喜欢你却还要千方百计地撩拨你，那于你而言他就不再是春药，而是毒药。

爱情这种东西有时真的很奇怪，双方开始的时候无动于衷，慢慢地意有所动，最后在心中燃起一团烈火。而这个规律，那些别有用心的人又懂得最多。

他潜伏在你的生活中伺机而动，总能在你防备松懈的时候给予致命一击，反复撩拨你，疏离你，邪恶地看着你心中的火团越烧越旺。直到最后你无法自拔，他立马转入别人的怀抱，甚至干脆自此消失无踪。

在金庸的笔下，年轻时候的杨过绝对是一个十足的"渣男"，油腔滑调、甜言蜜语样样精通，称呼陆无双为娘子，吻完颜萍撩拨公孙绿萼，总是对女人开一些无伤大雅的玩笑。

最后姑娘们一个个对她痴心暗许后，他再直接表明自己只钟情小龙女的态度，典型的撩完走人，转身无情。

再看那些被她撩过的姑娘们，有另觅良人的好结局，但也有人孤独终老，甚至香消玉殒。

5

很多姑娘在面对爱情的时候，总是会陷入盲目的自信。

无论对方曾经有多么不靠谱，情感史有多么不堪，她都觉得那只是因为没有遇到那个能让他安定的人，而自己只要再努力一点，再懂事一点，再多付出一点，他就会安定在自己的世界里。

可是我想告诉你，有些人的本质就是很自私的。真正喜欢你的人，从一开始就不会对你忽冷忽热，更不会对你若即若离。

可能在他心里，撩你就只是一个游戏，他不会在乎你内心的焦灼不安，也不会在乎你难受不难受，更没考虑过你是否会因此而磨灭爱的能力。

我想，爱情在很多时候真的可以检验一个人的人品。

有些人敢爱敢恨，光明磊落，面对别人的好感，喜欢的话完全不吝于吐露自己的真情；而如果不喜欢，也同样能够决绝地予以拒绝，绝不拖泥带水、火花四溅。

是啊，我是很喜欢你。喜欢你是我的选择，不喜欢我也是你的权利。你转身离开就好，我会将你从我的记忆里慢慢抹去，最后就像雪覆山冈，风过原野，仿佛你从未出现。

你走吧，但也不要再回来撩我了。

好的爱情需要等待，更需要努力

1

有一次公司聚会，有人抛出这样一个话题："你理想中的配偶是什么样子？"

女孩子们瞬间来了兴致，一边吃着零食，一边两眼放光地各抒己见。

有人向往成熟稳重，努力上进，可以催发自己共同进步；也有人希望对方能够温柔细腻，只需一个眼神，便能洞悉自己所有的心事……

有人继续问："你觉得你会遇到这样的爱情吗？"

很多人纷纷表示："曾经没有遇上，现在也还没来，但自己愿意去等。"

似乎在他们看来，时间是一切美好事物发生的唯一条件，只要肯去等，自然就会降临。

2

在这些人中，就包括了年龄直奔三十，却仍然孤身奋战的虹姐。

曾有关系好的同事问她："你怎么就一点都不急啊。"

她说："怎么不急，特别是看到周围好友一个个的结婚生子，而每次回家，父母更是催命一样，可这种事情急也没办法呀。而且，美好的东西自然值得去等待。"

开始，我们认为她说得挺有道理，甚至还有些小女生对她敬佩有加，对待爱情不敷衍，忠诚于内心。

可后来公司的单身的同事换了一批又一批，但她却仍是未见任何风吹草动。有人劝她不要太固执，更有热心人直接给她介绍对象。

她也尝试去接触，可都不尽如人意，她觉得那些人都给不了她想要的爱情。在她的理想爱情里，对方一定是博学而有趣的，行事稳重，但又应该懂得浪漫，拥有不错的情商。

最后她不去了，而且极其淡定地表示："与其心急火燎地寻找，倒不如岁月静好地等待。"

虹姐的生活极其规律。上班的时候，她桌子上永远都摆着饼干或者干果，抽屉里更是被各种零食塞满；有人提议一起办张健身卡，在她看来这就是花钱找罪受，工作已经够累，干吗还要去健身房折腾自己；公司提升资质，需要一批证件，鼓励员工捧起书本积极考证，公司给予了一笔相当可观的挂靠费，开始的时候她也是热情高涨，一下班就啃书本，可坚持不到一个星期，立马又换成了韩剧……

有一句话说："爱情就是一面镜子，你是什么样，爱你的人就是什么模样。"

虽然不知道虹姐内心真正的想法，但明眼人都知道，她很可能一辈子都等不到她想要的爱情。

3

1991 年 5 月，铁凝去探望冰心。

冰心问铁凝："你有男朋友了吗？"

"还没找呢。"铁凝回答。

冰心说："你不要找，你要等。"

果然，铁凝在五十岁的时候等来了华生，两人携手走入了婚姻的殿堂。

"你不要找，你要等。"

很多人将此作为爱情路上的真理。可在现实生活里，只有极少数人等到了自己想要的爱情,但更多人却是在等待里沦为将就。

因为他们都只是在无所作为地等待,却不愿意做出任何努力,一如从前地游戏人生,一如既往地挥霍青春。上班时,敷衍了事;下班后,无所事事。双休的时候,男生只需要一款游戏,女生只需要一部电视剧,便可以窝在十几平米的房子里闭门两天。手机上拨出最多的号码是外卖,收到最多的号码是快递……这样的等待,还幻想遇见什么样的人,还想要奢求什么样的爱情?

冰心之所以敢建议铁凝去等,而铁凝也敢等,那都是因为铁凝足够优秀,足以匹配她想要的爱情。

而对绝大部分人而言,好的爱情需要等待,但更需要努力。

4

认识一个女孩子,出身于一座小城市,父母都是普通的工薪阶层,也没有生得多么漂亮,大学以前甚至连星巴克的门都不知道开向哪边。

进入大学后,室友一个个的找了对象,当然也有男生对她表达爱慕之情,可她都是礼貌性地拒绝。

室友们都挺疑惑,问她为什么不试着去交往。

她说在她的认知里,爱情是应该互相促进的,甚至能够在一定程度上互相追赶，而不是彼此消耗。很明显，那些男生都不适合。

室友说："每个人都有自己的爱情标准，但不是谁都能最后遇上。"

她说："所以我现在还在等啊。"

室友翻着白眼，说："等的人多了去，但最后绝大部分人都变成了将就。"

她没有反驳，而是一步步地继续改变自己，从外在打扮，到内涵修养，从生活品质，到眼界格局。她利用课余时间打工挣钱，再用挣来的钱去学习，去提升自己。

后来在大三的时候，她遇到了现男友。男友阳光帅气，学习成绩又好，年级第一从没旁落，奖学金更是拿到手软。两人在考研培训班里一见如故，相互鼓励，最后双双考上了同一所知名大学。

同学都感叹她运气真好，最后等到了自己想要的爱情。

她只是笑而不语，有一句话叫作"越努力，越幸运"。向往什么样的爱情，首先就必须让自己向那个方向靠拢。喜欢什么样的人，就先让自己变成什么样的人。

爱情的结局，不在于你等了多久，而在于你在等待的时间里做了什么。

5

千回百转后，你终究会遇到一个人，让你在岁月里与爱情握手言和，但结果却不一定是你想要的爱情，因为上帝只负责你们相遇的时间，相遇的地点，而你自己才真正决定着你所要遇见的人。

不要辜负自己独自等待的时光，努力去成为更优秀的自己，你才能与你想要的爱情不期而遇。

五 // 我以为你刀枪不入，你以为我百毒不侵

爱情最难的时候，

不是最开始时两厢情愿的告白，

也不是分手后恩断义绝的离开，

而是明明彼此相爱，却又总是互相伤害。

我也喜欢曾经那个不顾一切的自己

1

"遇上一份全世界都反对的爱情，你还会不顾一切地坚持下去吗？"收到这条留言的时候，已将近子夜。

我说："每个人的选择都不同啊，有些人会，也有些人不会。"对于我的回复，对方略有些惊奇，接着就是漫长的"对方正在输入"。

他是年初从其他分公司调过来的新任领导，因为我们部门去年的业绩不好，所以他的调任带着一种临危受命的形式。事实证明他确实能力非凡，一上任便以雷厉风行的手段，制定了一些针对性措施，不到几个月便带领部门一挽颓废的态势，业绩转亏为盈。

也是在这段时间里，我渐渐地被他身上的各种特质吸引。工作的时候稳健沉着，全身带着强大的气场，但工作之外又懂得关心下属，严肃而又风趣。

他自然感受到了我对他的好感，再后来，我也开始能接收到他浓厚而又隐忍的爱意。直到今年七夕的时候，他向我表白了，而我也是很欣喜地接受了他的追求。

但这遭到了周围所有人的反对，父母甚至以断绝关系相要挟。原因很简单，他有过一段婚姻，并且还有一个不到五岁的女儿。

我能理解为人父母的感受，谁愿意自己的女儿无缘无故就成了别人的后妈。但我也是真的很喜欢他啊。

我还应该继续下去吗？

2

对于这种没有标准答案的问题，我很想直接表示无能为力，但不忍对方失落，只得不咸不淡地问了一句："他是什么态度？""他说他尊重我的任何选择，我甚至连请求的资格都没有。"

我突然不知道该怎么回答了。估计她也没想从我这里获得答案，她说："谢谢你愿意倾听，其实我内心已经有了答案，我可能会选择放弃吧。"停顿了一会儿，她又补充了一句，"决绝而又不舍，难过却又只能放手。"

有时候想，爱情里的选择，从来都没有标准答案。有人力排众议、不顾所有人的劝阻一意孤行，最后获得了幸福；也有人长远理性，小心翼翼地衡量得失，最后却落了个镜花水月，一切成空。

成熟到底应该是褒义还是贬义？

年少的时候，仅凭一腔孤勇便敢撞破南墙誓不回头。慢慢地，面对同样的事情，开始在心底多了几分顾虑，再到后来便学会了权衡利弊。

前者叫感性，后者为理性。

任谁都会怀念曾经那个不顾一切的自己，像红眼的野兽，除了既定的目标，余光里便再没有其他风景，只知道发了疯似的往前冲。

3

我和前女友分手后的第一个生日，她仍如往年那样，在零点的时候第一个给我发了条祝福信息。

我开着玩笑问她："以前你都敢和父母对着干，坚持选择填了和我同一所大学，最后怎么就不敢坚持和我一起了啊？"

她说："你那时候还厚着脸皮给我爸妈说喜欢他们女儿呢，到了毕业时候，你还不是电话都不敢打一个。"

无言以对。谁又知道，十八九岁的我们有多勇敢。

我敢打电话告诉她父母，我就想要和他们女儿在一起。她也可以不知天高地厚地说"我就是喜欢他"。我敢和她母亲无所顾忌地面对面吃饭，阿姨长阿姨短地套近乎。她也能睁着大大的眼睛在旁边掩嘴窃笑。

我能坚持，她也笃定。可几年以后，两个人都有了各自的顾虑。她不能跟我走，我也无法为她留下来。

她懂得了父母的不容易，明白了自己应有的担当；而我也开始懂得，一个男人需要给予对方的不应该仅是爱情，而我们的人生需要填充的东西还有很多。

我们最后一次联系的时候，她问我："如果我们两个当时勇敢地坚持下去，最后会怎样？"

我说："年轻的时候才问敢不敢，长大后就会思考能不能。"

而很多时候，不是不敢，而是不能。

4

曾经逛某个论坛，看到这样一个帖子：

你身边那些为了爱情不顾一切的情侣，最后都怎么样了？

在众多的回答中，有决裂，有善终，有喧嚣欣喜，有遗憾苍凉。

电影《阿甘正传》里有一句话，生活就像一块巧克力糖，你永远不知道下一颗是什么味道。

爱情也是如此，当两人走到了一个需要抉择的路口，谁也无法靠简单的臆测便去断定结果的好坏。

任何选择都可能是错误的，任何选择也都可能是正确的。只是有些人选择了单纯的感性，也有些人选择了思考的理性。

人生无法纠错重来，但也没必要满腹遗憾。哪怕最终选择了无以为继，也没关系。只要在往后的漫长岁月里，面对你遇到的每一个人、每一段感情，尽管历经了世事风雨，但你沉淀下来的那颗心仍是真诚的、完好的。

拜伦在《春逝》中说："倘若他日相逢，我将何以贺你，以眼泪，以沉默。"

除此之外，你还可以告诉对方："曾经和你在一起的每一分每一秒，我都毫无保留，全力以赴。尽管后来我们没能继续勇敢，尽管我也爱着曾经那个不顾一切的自己。

"可是啊，我只是困守于黄昏里的奔跑者，而你却宿落在最遥远的黎明。"

我以为你刀枪不入，你以为我百毒不侵

1

前段时间，和以前公司的一位同事聊天，他突然对我说："告诉你件有趣的事，大海要结婚了。要不要猜猜新娘是谁？"

我狐疑着反问他："三月？"

他哈哈大笑，说："对，就是三月。"一句话让我的下巴差点掉到了地上。

从前我一直坚信这样一件事，哪怕世界上那些出轨的情侣都修成正果，大海和三月也绝不可能终成眷属。

用当下一个词形容两人的爱情，那就是终极版的相爱相杀。

大海是我以前的同事，为人热情健谈，对待工作也认真负责，不失为一位新时代的上进好青年。只是这人有些嘴欠，不是对别人，而是对自己女朋友。

一般情侣打电话，不说都是甜言蜜语，至少也得是正常交流。可到了大海与三月那里，两人打电话的分贝会随着通话的进行越来越大。

大海和自己女友打电话可是从来没有客气过，三句话必带"傻帽儿"，五句话内总能精准到找到对方的痛点，并毫不留情地说出来，就连吃饭、打嗝、放屁这种事情也能在电话里用来奚落对方。

挂断电话，走进办公室的时候，还总是可以听见大海嘟囔："臭娘们，就是他妈的欠抽。"

每次都让办公室的男生窃笑不已，而女生则是集体翻白眼。在我们眼中，大海大概就是那种"就这样也能找到女朋友"的人。

当然，对于另外一个当事人，我们也是相当好奇。

2

三月出现的方式很是震撼，无愧于她如雷贯耳的传奇。

你能想象一个姑娘堵在男友公司楼下，隔着十几米便对着自己的男友大喊"傻帽儿"？也不知道是什么事情让三月如此迫不及待，直接堵在了公司楼下吵架。两人先是你来我往地据理力争，随着调子越来越大，慢慢变成了数落对方，再接着就是互相揭短。最后大海手插进裤兜，头也不回地在前面走，三月则是红着眼睛骂骂咧咧地跟在后面。

目睹这样一场精彩表演的我们，脸上自然是精彩纷呈，神态各异。

大海偶尔也会和我们谈起两人的故事。

两人相识相爱于大学校园，都属于那种性格要强的人，最开始的时候互相揶揄打趣不失为一种增加情趣的手段。

可步入社会以后，各种压力的剧增，两人性格的冲突便凸显了出来，一言不合就能大吵一架，甚至两人可以因为商量晚上吃什么引发一场世界大战。

而互相揭短，就成了两人攻击对方的最后手段。

3

后来有次喝酒的时候，我们问他："你们就一直这么过来的？"

大海摇了摇脑袋，说："也不是，最开始的时候我能包容，她也温柔。但不知怎么的两人就变成这样了。"

我们继续八卦，说："就你们两个这情况，旁人看着都揪心，为什么不分手啊？"

大海抬起头，用喝醉的红眼定定地望着对方，直把对方盯得全身发毛，差点就要拎起酒瓶道歉的时候，大海突然咧嘴一笑：

"有那力气说分手，倒不如把它用在吵架上，也许就赢了。"

这一奇葩理论让我们集体失声。

大海仰头喝了一杯，叹一口气接着说："以前是吵架一次分手一次，慢慢地，我们就很少说分手了，现在完全不说了。反正也分不掉。"

"这到底是谁放不下谁啊。"

"都放不下。"

我们打了个酒嗝，集体翻白眼，真是一对绝世奇葩。

最后大海摇头晃脑，说："虽然有时感觉挺累的，但彼此也熟悉了对方的脾气，自然也不会介意。"

爱情真是个奇怪的东西，很多人明明无法割舍，彼此相爱，但又总是用一种自杀方式伤害对方。可是，这世间哪有什么不介意，无外乎只是因为未到崩塌的界限。

4

大海和三月的最后一次吵架发生在凌晨。

两人不知道因为什么事情又吵了起来，并且一直持续到半夜。大海被吵烦了说了一句："你前男友就是被你这样吓跑的吧？"

三月以前谈过一个对象，却遭遇对方莫名其妙地劈腿，三月当时为此伤心了很久。她曾把这件事情告诉大海，却没想会被他用来讽刺自己。

三月愣了好一会儿，最后哇的一声大哭了起来，穿着睡衣冲了出去，将门摔得哐当响。

几分钟后，冷静下来的大海终于有些害怕了，拿起衣服边往外跑边给女孩的那些闺密打电话，收到的都是否定的回复，而三月的手机更是冰冷的关机提示。

从住所到街道必须穿过一条漆黑的长巷，大海越走越慌，恨不得狠狠地甩自己两个耳光。

大海在街上疯了似的寻找，最后变成了毫无目的地游荡。直到半小时后收到了三月的一条信息："我在巷子出口那家便利店，你过来吧。"

等大海火急火燎赶到便利店的时候，远远便看见三月眼睛红肿地站在店门口。

那晚两人说了很久的话。

"我躲在便利店里，看着你疯了一样地来回跑。当你第一次经过便利店的时候，我有一种复仇的快感。当你第二次经过的时候，我在犹豫要不要出来。而当你第三次经过便利店的时候，我突然明白了。

"原来你找不到我的时候，你会害怕。但我要告诉你，当我想到你在害怕的时候，我也会心疼。"

5

爱情最难的时候，不是最开始时两厢情愿的告白，也不是分手后恩断义绝的离开，而是明明彼此相爱，却又总是互相伤害。

时下有一个很有意思的词语，叫作"相爱相杀"。

可是，言语刻薄真的不是爱一个人的方式，它只会一点点消磨掉两人的爱意。很多时候，对方没有离开，并不代表对方真的就完全不介意，真就可以云淡风轻、毫无间隙地接受你所有的伤害。

两人最糟糕的状态，就是你以为我刀枪不入，我以为你百毒不侵，用各自极尽刻薄的方式伤害对方，却完全没有意识到，一段感情决定开始的时候，就是两个独立的人卸下满身盔甲，一点点地靠近对方，拥抱彼此。

真正的爱情，是你明白我内心横陈的脆弱，我也懂得你灵魂未愈的伤疤。

别人不要的东西，也别再给我了

1

某天，和阿来聊天，才知道她刚经历了一场失败的爱情。

其实也谈不上失败，因为刚有苗头便被对方无情扑灭了。

最开始是男方主动出击，一有时间就各种撩拨。阿来这姑娘可不是什么温婉含蓄的古典淑女，看那男生确实也还对胃口，立马露出了自己并非善茬的本性：你撩我？很好，那我也不客气了。

于是两人你来我往，好不热闹。高手对招，绝不会拘泥于赤裸裸的告白，哪怕谈人生、谈理想都能恰到好处地撩拨一把。

后来，男生主动约她看电影，本是一个不错的开始。可在放映的那天却告诉她临时有事，最后只能取消。

也是从那次以后，男生玩起了中华国粹——变脸术，整个人

167

突然就毫无预兆地冷淡了起来。

阿来想，这不行啊，好不容易碰到一个对眼的，怎么可以眼睁睁看着他溜走。于是她开始更主动，但男生始终不为所动，甚至后来都懒于回复她的微信。

后来男生还是坦白了，说自己还忘不了前女友，然后又表达了"你很好，但我们不合适"这样一些毫无营养的场面话。

奈何这时候的阿来已经彻底陷进去了，对于这样的结果自然是愤怒而又痛苦。

2

我说："如果你实在太喜欢，那你可以选择等。等他彻底忘掉前任，等前任将他无情拒绝，等他发现你的好。"

阿来说："我是这样对他说的啊，我说我不逼你，我们可以先处朋友。"

隔着屏幕，我差点要和她绝交。

其实我的建议本是一种客套，压根就没想过她会接受，更没有想到她已经做出了类似的妥协，而且还被对方拒绝了。

听过太多这样的故事，一方不够喜欢，另一方选择等待。我不知道爱一个人必须有多深刻，才会让人如此毫无原则地放下身段，将自己置身于一个被挑选的境地，甚至心甘情愿地成为别人的退路石。

无论喜欢还是被人喜欢，当面表白还是暗生欢喜，在双方心里其实都恍若明镜，不需要一些冠冕堂皇的理由，太苍白，也太虚伪。

当爱情露出了商品的本质，其实是一件很反胃口的事情。

你所有的包容与等待，都变成了对方有恃无恐的资本。

3

退一步讲，即便他真的最后回头选择了你，你也毫无嫌隙地选择了接受，两个人就真的可以演绎一场兜兜转转后得以重逢，最后携手白头的美好故事吗？

恐怕不一定吧。

至少于我而言，我从来不相信爱情里的浪子回头。浪子回头听起来挺感人，但其实经不起任何推敲。浪子回头的原因，无非是发现了"苦海无边，回头是岸"。

可是，他总会走出阴影，总会雨过天晴。他还是会遇到自己心仪的人，还是会发现无论如何都无法正视你们之间的爱情。

曾听一位刚失恋的读者讲过这样的故事。

她单恋一个男生很久，奈何落花有意、流水无情。没关系，她心甘情愿地选择了等待。

第一任不是她；第二任也不是她；第三任还是没有轮到她。直到最后毕业的时候，男生遭遇女友劈腿。

那时候，男生面临着生活与爱情的双重打击。远隔千里的她知道以后，每天换着法子给他发各种信息，上午发鸡汤，下午发段子，晚上陪他谈心。

后来聊天的时候，男生突然向她表白了。她自然是欣喜地选择了接受，也一度认为是自己的真诚感动了对方，兜兜转转后终于走到了一起。

可这只是她的一厢情愿，事实上两人在一起不到两个月便分手了。男生找到了工作，并且喜欢上了同时进入公司的一位女同事。

女孩问他："你不喜欢我，为什么还要和我在一起？"

男生低着头沉默了很久，说："因为你出现在了我最无助的时期，而且我知道你确实对我挺好。只是现在我明白了，无论如何我都对你兴不起半点爱情。如果我们继续下去，对你对我，甚至对爱情都是不公平的。"

4

现实不止一次地告诉我们，爱情里的备胎与圣母往往都是结局很悲惨的人，也是最愚蠢的人。

如果一个曾经你很喜欢却又将你拒绝的人突然回头找你，这时候的你不应该是庆幸，而是反省。

被别人当成情感里的救命稻草不是一种幸运，而是一种毫无选择的悲哀。

如果一个男生告诉你说："以前是我没有发现你的好，现在我终于明白了。"

相信我，如果你不是整容了，也不是突然瘦了几十斤，那肯定就是他刚遭遇了严重的情感挫折，或者直接是因为空虚了。

影视小说里，总喜欢把男女主角的爱情过程弄得蜿蜒曲折，甚至惊天动地，历经磨难，最后兜兜转转才终于走到一起。

故事通常在这里就结束了，也没谁去深究故事的发展。事实上，故事继续发展就变成了现实，这样的幸福来得很曲折，但去得却很快。

这都没关系，至少在结局的一刹那，立马赚满了无数痴男怨女的眼泪和钞票。

其实，一段好的爱情不是破镜重圆，也并非浪子回头，而是从一开始便发现了彼此的气场融洽，你认定了我，而我也刚好喜欢上了你。

5

三毛有一句话广为流传："如果你给我的，和给别人的一样多，那我就不要了。"

一听就觉得很酷。

爱情是一种很神圣的东西，连割裂都不被容许，又怎能容忍被挑选。对方先将爱情给了别人，被别人拒收后再回头给你。

更悲哀的是，对方是如此笃定地相信你不会拒绝。

这其实是一种侮辱。

更何况，哪怕你承受住了这种屈辱，最后对方也回头找到了你，结局也不一定就是美好。备胎转正不是什么励志故事，你在他心里不是正的，那么你永远都只是备胎。

既然如此，何不干脆洒脱决绝一点。

我承认，曾经我是多么热烈而不顾一切地想要拥有，可是，你却当着我的面赠予了别人。

曾经我很难过，现在也有些遗憾，但是，我却绝不可能再回头了。

你给我的爱情再好，也终究只是被挑剩的东西。

别人要。

我不要。

我再也不想变成你喜欢的样子了

你走过这样的路吗？

迷茫地站在十字街口，却不知要走哪个方向。最后在几次试错转向后，你终于找到了正确的路。

你爱过这样的人吗？

焦急地面对他的各种挑剔，却不知该如何迎合。最后在无数次的投其所好后，你还是未能拴住他的心。

你一辈子可以走错很多路，但只需爱错一个人。

1

前段时间，见到小希，我们被她的状态吓了一大跳，整个人形若枯槁，仿佛被抽离了全身精气。

　　记忆中的小希是一个非常迷人的女孩子，长得精灵可爱，性格又大方开朗，走在哪里都像一团温暖的小太阳，相处起来轻松而有趣，一点都不觉累。

　　后来遇到了一个男生，在男生的猛烈攻势下，小希终是义无反顾地投入了他的怀抱。

　　但有些爱情仅可以短暂地存在于花前月下，永远都敌不过细水长流。慢慢地，男生开始对她滋生出各种不满，她也敏锐地感受到了对方的日渐冷淡。

　　但是怎么办，就是喜欢他啊，爱他就为他改变自己吧。于是，小希踏上了一条永无止境的改变之路。

　　男友嫌她素面朝天，她马上买了各种化妆品，疯狂地在网上搜罗学习各种化妆视频。

　　男友嫌她衣着中性，她立马买了一条裙子，第二天约会的时候莲步款款地站在对方面前。

　　甚至男友突然说喜欢短发姑娘，她同样是毫不犹豫地狠心剪掉了及腰多年的长发。

　　可事实证明，所有的改变都没有任何意义。

　　男友还是会嫌她妆容不精致，衣着不够得体，发型不够干练，谈吐也不够优雅。他仍是会各种不满意，各种挑剔。

2

后来，男朋友同学聚会，她特意耗了整个下午的时间，化了一个精致的妆容，换上平时男友最喜欢的衣服，并蹬上了一双几公分的高跟鞋。

但与男友碰面的时候，她却未从对方脸上看到任何欣喜。吃饭的时候，其他人都是有说有笑，积极让自己的家属融入气氛，唯独她一个人坐在男友身旁，仿若透明。

从餐馆出来，男生和同学有说有笑地大步向前，小希踩着一双几公分的高跟鞋，形单影只地跟在后面。

有走在前面的同学提醒男生："我们慢一点，等一下你女朋友吧。"可男生却只是转过头，漠然地望了她一眼。

那一刻，小希的心猛地抽痛了一下，眼泪无法控制地流了出来，转过身，直接便往回走。

等男友一脸愤懑地追上来后，没有任何安慰，而是直接呵斥她没有礼貌。她终于再也无法压抑，几乎是歇斯底里地哭喊道："我到底要怎么改变，才会是你喜欢的样子。"

男友怔了怔，终于说出了那句曾经让她害怕已久的话："我们还是分手吧。"

当一段感情开始出现各种挑剔的时候，最后的结局永远都是那么千篇一律。

3

遇到过很多咨询的读者："怎么办啊，我始终变不成他喜欢的样子。"

深陷其中的时候，对于对方的各种不满，总是愚昧地以为只要足够努力，终有一天会让自己趋于他心之所向的完美。但你却不知道，其实你已经被他悄悄放逐，哪怕最后你将自己压扁了，也同样挤不进那颗尘封紧闭的心。

换句话说，你永远都变不成他喜欢的样子了。

追你的时候，他绝对没有不满你并不苗条的身材，也不会吐槽你随意舒适的衣着，更没有嫌弃过你不够优雅，没有内涵。

一切的一切，还是只关乎爱与不爱。

荷西曾经问三毛："你想要嫁个什么样的人。"

三毛说："如果不喜欢，百万富翁也不嫁；如果喜欢，千万富翁也嫁。"

荷西撇撇嘴，说："就是要嫁个有钱人呗。"

三毛说："也有例外的啊。"

荷西赶忙问："那我呢？"

三毛叹了一口气，说："如果是你的话，能吃饱饭就可以了。"

"你吃得多吗？"

三毛说："不多不多，而且还可以少吃点。"

所以，爱情绝不是永无止境的挑剔，反而会因为对方不断降低自己的标准。因为那个人是你，所以其他都没有关系。

4

爱一个人的时候，总是会无形将对方捧于云端，而又将自己无限卑微到尘埃里。那时候的对方，是明亮的、闪耀的、不可替代的。

但你同样需要明白，当他对你眷恋全失，无心继续的时候，他所有的挑剔，都只是为自己的放弃寻找一个宣泄的出口。

真的，你永远都不可能再变成他喜欢的样子。

多么浅显的道理，但又有多少人无法看透。或者说多少人虽然看透了，但又总是因为不舍，宁愿死守着曾经的山盟海誓日夜煎熬，也不愿决绝放手。

当爱情走到一个需要依靠迎合来维持的时候，其实就是到了无以为继的边缘。爱情不是施舍，你也不需要乞求。

爱一个人，根本不需要对方改变什么，而是会洞察对方需要什么。

你并没有百般神通，但你拥有的恰好是我所需要的；你并没有见识广泛，但你所不懂的正好是我想教的；你并没有多漂亮，只是刚好长成了我喜欢的样子。

所有关于你的一切，并没有多么好，而是在我眼里刚刚好。

这才是世界上最美好而又长情的告白。

5

活成你自己喜欢的样子吧，你真的没必要去讨好一颗已经死去的心。

好幸运，我再也不需要变成你喜欢的样子了。

以后，我只想成为更好的自己。

为什么男生追求你没耐心

1

有读者在文章下面留言："现在的男生，不知道为什么，追你才两三天，就问同不同意和他一起，若没给明确答案，就没了下文。社会节奏是快，可是两三天就没有耐心的男生，真的让人无法接受与信任。"

单就这个问题，答案其实很简单："他只是没那么喜欢你。"

当日子陷入日复一日的枯燥，内心干涸已久的时候，面对一个不是特别喜欢的人，男生和女生终究是有区别的。

女性的原始本质便是趋于防守，对待感情比较谨慎，面对喜欢的人暗自欢喜，对于不喜欢的人不会有所念想，至少不会主动追求。

　　而男性不同，很多男生是真的可以在不喜欢的情况下去追求一个女生。前提很简单，只要不讨厌就好。只是因为一个人无聊，因为孤独，更简单的便是因为最原始的征服欲。

　　当然，同样也有很多女生也会因为这种原因接受表白。

　　只不过前者趋于主动进攻，后者则表现为被动接受。

2

　　真正喜欢一个人是什么样子？

　　如果你曾喜欢，甚至深爱过一个人，肯定明白一个道理，喜欢是一种很矛盾的感觉：冲腾，欢喜，玄妙，寂静。内心洪水滔天，表面古井不波。

　　真爱面前，众生平等，所有人都是一样的，不再有年龄性别之差。

　　无论女生还是男生，面对那个人的时候，总认为自己还不够好，总觉得自己准备得还不够充分，害怕表白被拒绝，害怕被拒绝后永远失去了在一起的可能。

　　所以很多人因为喜欢，无形中拔高了对方，矮化了自己，宁愿忍受日夜思念的煎熬，也不敢逾越雷池半步。

　　如果一个人几天相处就敢直接表白，不一定说明他不喜欢你。但如果在你语焉不详没有给予明确答案后便直接放弃，那他真的是不喜欢你，至少是没那么喜欢你。

我不会对你说"真正爱你的人，最后都会回来找你"，这在很多时候是不现实的，更可能是一种误导人心的谬言。

但我可以告诉你，真正爱你的人绝不会因为几天的追求表白被拒后就立马放弃。

3

曾经有部很火的青春电影——《那些年，我们一起追的女孩》。

柯景腾明明喜欢沈佳宜，却因为害怕自己不够优秀，所以一直不敢表白，后来更是用一些自认为热血，实质却很幼稚的行为，想要赢得对方的肯定。

青春最残酷的地方在于，女生永远比男生成熟。尽管两人最后没有在一起，但柯景腾用八年时间证明了深爱一个人应该是什么样子。

剧中有一片段，柯景腾与沈佳宜放孔明灯的时候，柯景腾表白，表白完后又立刻制止了正要回答的女生。

"拜托不要告诉我答案，请让我继续喜欢你。"

越在乎就越害怕失去，越害怕失去便越小心翼翼。

现实生活中，用八年时间锲而不舍地追求一个人，终究是小概率事件。但如果一个人用八天去追求你，并决绝地丢给你两个选择：要么接受，要么再见，那么，还是再见吧。

这是一个推崇效率的时代，车来人往，行色匆匆。也许有人对你说"我没那么多时间与精力再去经营一段感情了"。

道理没错，所有人都被繁重的工作与生活压得喘不过气来，失去了更多自由的时间与空间，面对事情会左右权衡，小心谨慎。

但感情这种事情，从来都不是越快越好，快更不代表就可以随意对待一段感情。快速地追求结果其实并没有错，但至少要让对方看到自己的真诚。

4

我想告诉女生："如果一个男生追求你的时候，既没有耐心，又看不到真诚，那么很明显，他确实没有他说的那么喜欢你，甚至可能他根本就不喜欢你。但你同样需要明白，没有谁就真的必须永远围着你转，喜欢就是喜欢，不要用反复的拒绝去试探。每个人都有各自的底线与尊严，不要等到对方彻底放弃后你才幡然醒悟。"

我也想告诉男生："如果你在一开始就抱着试试看的心态，火急火燎地去追求一个女孩子，那么被人家拒绝是在所难免。可能你觉得自己很用心，套路也是恰到好处。但神色的转换，眉眼的跳动，甚至一呼一吸都会映射出你的内心，并一览无余地暴露在对方眼里。此时你应该问自己，你真的喜欢对方吗？"

5

社会的普遍共识是，一段并不走心的感情，受伤的永远都是女生。

其实不然，这种共识仅是单纯从身体上考虑。但是每个人一辈子的情感能力都是有限的，对待爱情的方式也会形成惯性。

对待感情认真的人，哪怕历经坎坷，但内心始终柔软笃定，也终会寻找到属于自己的归途。

但如果一个人习惯性地敷衍爱情，那么无异于沾染上慢性毒药，一点点地侵蚀其真正爱一个人的能力，迟缓他对爱情的感知，最终沦落为爱无能。

而这样的人也许感情换了很多次，但始终都寻找不到最后的依托。

好好地爱一个人，认真对待每一段感情。

至少，永远都不要熄灭那颗洁净明亮的心。

不要脸，是爱情里最宝贵的品质

1

某天，在外面写文，写到一半的时候来了一位姑娘，在询问我对面是否有人后，便坐了下来。

世界上的美丽有千万种，但我相信每个人心中都存在一种最喜欢的样子，一颦一笑，一言一动，恰到好处。

我承认，那一刻是有些心动了。

抱着几分玩笑的心态，我发了一个朋友圈求助，询问大家该如何搭讪。

最后收到的回复当中，有直接要联系方式的粗暴党，也有一不小心摔玻璃杯的套路流，还有递书传条的文艺狗……

尽管我这人与内向毫无关系，而且逢人便自诩"靠不要脸吃饭"，和周围关系好的女孩子聊天更是荤素不忌，各种黄段子信手拈来，但真正有些心动的时候，我还是不争气地怂了。

所以故事还没开始就结束了，她仅仅给了我写这篇文章的灵感。

不得不承认，爱情最开始的时候，最不需要的就是矜持。如果你没有让人一见倾心的绝世容颜，那么就需要拥有一种不要脸的能力。

也许最终你会被对方拒绝，被旁人嘲笑，但有一点是肯定的：

怂的人，压根就不配拥有爱情。

2

不只是开始，一段感情的长久"运营"，更需要某一方懂得适时的"不要脸"。

大军是朋友圈里出了名的"妻管严"。

从大学开始，大军和小诺相识相爱，到现在已经足足有了五个年头。和很多情侣一样，相处久了后难免会有争吵，但他们早就约法三章，遇到问题就及时处理，绝不留到第二天解决。

周围的朋友分分合合，唯独他们两个雷打不动的甜蜜。

有一次，朋友聚会，聊到情感问题的时候，有人向他们取经。大军连忙抢着打趣道："可能是因为我不要脸吧。"

185

他们处理问题的方式很简单，遇到无伤大雅的非原则问题，大军都会"不要脸"地主动求和。采取的方式也多样化，调戏、装可怜，甚至一个简单粗暴的拥抱。

当然，如果小诺发现确实是自己错得离谱，也会在冷静下来后主动撒娇求和。

其实很多吵架，都是因为一些鸡毛蒜皮的生活小事，甚至有时候也明白自己做错了，但就是拉不下脸来主动求和。

小诺说："拉不下脸来的时候，就多想想两人为这段感情付出了多少，如果因为这些小事就影响到两人的未来，那不是固执，而是愚蠢。爱情里啊，最不需要的就是面子。"

大军妇唱夫随地补充了一句："很多时候，冷着冷着就淡了，淡着淡着就黄了。"

其实恋爱中的"不要脸"，并不代表无原则的妥协。而是因为明白孰轻孰重，懂得珍惜。

3

同样，当一段感情越来越淡，最终变得不可挽回时，更需要一种"不要脸"的勇气，主动放弃无用的道德制高点，提出分手。

前段时间，有个读者向我求助。她和男友相处四年，前不久在对方的要求下，两人订婚了，男方也给了好几万的彩礼。可不知道为什么，订婚后她越发觉得恐慌，于是和男友提出明年再结婚的想法，却遭到了对方的坚决拒绝。

两人就此产生矛盾，然后便是两个家庭的冲突。最后不但婚事黄了，两人的感情也走到了终点。男方主动提出分手，并要求她退还订婚的彩礼，以及两人交往过程中所有的花费。

可在她父母看来，两人在一起这么久，订婚后突然提出分手，肯定会影响到她以后的名声，所以连彩礼钱都不愿意退。

我突然想到一个问题，问她："为什么你要推迟结婚？"

她坦然承认："对于这段感情，其实我们都早已经失去了当初的热情。两人的继续，仅仅只是维持在一种惯性里。可能因为家庭的逼迫，或者是个人想法不同，他准备将就，可我却害怕了。"

我说："既然如此，那为什么你们不干脆早点提出分手，也不至于闹成现在这样。"

她说："我也后悔，但当时可能都觉得难以启齿吧。"

对于当下很多情侣来说，这其实是一种畸形却又很普遍的状态。

明明一方已经不爱了，却仍然要牢牢地占据着道德制高点，分手两个字变得羞于启齿。甚至两人都不爱了，却不敢直视自己的内心，麻木地维持着已经苍白的情感。

其实，不爱的时候，勇敢地直视自己的内心，不但是对对方的一种尊重，也是对自己内心的忠诚。

而于双方而言，更是一种及时止损的双赢。

4

电影《后会无期》中，贾樟柯饰演的三叔有一句经典台词："小孩子才分对错，成年人都只看利弊。"

必须承认，越成长我们就越懂得算计，越明白权衡。可在面对爱情这道题的时候，偏偏很多人立马变成了白痴。

喜欢一个人的时候，因为面子，因为害怕被拒绝，所以宁可和喜欢的人擦肩而过，也不愿勇敢地去搭讪表白。

爱着的时候，因为面子，因为任性而为，宁可看着两人的感情越来越淡，也不愿拉下脸去主动求和。

不爱的时候，因为面子，因为不愿意做那个主动离开的人，最后闹得不可收拾，甚至以一个敌视仇恨的结局收场。

爱情其实就是一道数学题，但并没有那么多复杂的公式，只需要最简单的加减法。在面子与可能的结果进行比较后，轻易便能得出利弊。

喜欢的时候勇于表白，爱着的时候明白珍惜，不爱的时候懂得止损。

愿你的爱情，永远保持一种"不要脸"的能力。

别看有多好，就看有多坏

1

曾有人问过我这样一个问题："对方出轨了还要不要原谅？"

这种在我看来零容忍的事情，却又最不好回答。因为既然她能问，就说明内心还有些恋恋不舍，甚至潜意识里早已经原谅了对方，此时的询问其实更多的是希望我能给她一些"错误"的鼓励。

换句话说，如果我说必须得分，反而可能遭到她内心的排斥。

我说："那得看你怎么想，结婚甚至有孩子了，而且心够大，那么一次没把持住可以原谅。但如果是惯犯，只能杀无赦。"

她说："已经有好几次了。"

我没有回答她，因为我不知道该怎么回。果然，见我没回复，不一会儿她又补充了一句："其实除了这点以外，他对我还是挺好的。"

就是这种荒唐到毫无逻辑的奇葩理论，却在情侣甚至婚姻中变得司空见惯。

2

"他除了喜欢玩玩暧昧以外，平时其实还是很专一的。这不，只要我有需要，他随时都可以出现在我面前。

"他除了偶尔劈劈腿以外，其他方面其实还挺不错的。你瞧，这是上次情人节他送我的一个戒指，说明他还是很在乎我的。

"他除了没事打打我以外，其他时候对我其实还蛮好的。你看，打了我以后还会给我买红花油，效果挺不错。"

请问，你这是犯了斯德哥尔摩综合征吗？

你要知道，你们是正规情侣，甚至是合法夫妻，相互为好才是理所当然，这也是一段感情存在的根本前提。而暧昧、劈腿，甚至家暴，这样的恶劣行径，从一开始就是不被容许的。

而且没有了忠诚，没有了最基本的相互尊重，其他方面对你再好也是虚的，既廉价又不长情。

突然想起前两天和好友聊天，她上来就吐槽："有些男人真的太渣了。"

我说："怎么了，被骗财了还是被骗色啦？"

她白了我一眼，说："不是我，是我闺密。"

我知道故事来了，急忙放下瓜子，搬上我听故事专用的小板凳。

3

她闺密叫丸子，在给宠物看病的时候，认识了一个兽医。兽医对她一见钟情，要到联系方式后，立马展开了猛烈的追求。

那时候，丸子刚到那座城市不久，除了上班的同事，平常也没什么朋友，爱情方面，也正处于情感空窗期。奈何当时前男友给丸子留下的伤疤还隐隐作痛，对于这种突如其来的情感，自然比较警惕。

可无论丸子表现得怎么抗拒，兽医都是一如既往地执着：早晚的短信问候，闲暇时候的嘘寒问暖，双休节假日，一有时间就热情邀约。

都说烈女也怕缠郎，久经沙场的人不怕别人撩，就怕别人一往无前地对自己好，更何况兽医各方面条件其实都还不错：本地人，有房有车，年轻有为，职业前景一片敞亮。

很快，丸子败下阵来，死心塌地地投入了兽医的怀抱。不到半年，在男方父母的催促下，两人又准备订婚。

当丸子把这个消息告诉她们的时候，大家震惊之余纷纷献上自己的祝福。

有个好友还趁旅游的时候，专门去那座城市帮丸子把关。回来后，对男方大加称赞：斯斯文文，情商高，会来事。

4

可就在订婚前几天，兽医在某次争吵中竟然扇了丸子两个耳光。丸子直接跑了回来，没两天兽医也跟着跑了过来，并宴请丸子身边的闺密，当着她们的面给丸子下保证。

有闺密暗里对她说"这种男人不能嫁，有第一次，就有第二次"，但也有人也劝她"难免一时冲动，而且他也蛮诚心的，一次就算了"。

丸子想了下，平时兽医对她确实还不错，自己内心也有点不舍，于是原谅了他，跟他一起回去把婚订了。正当大家以为他们从此过上幸福美好生活的时候，有一天丸子又哭着跑了回来。

这次事情比较大，男方不但动手，而且直接把丸子打成了耳膜破裂。到了这份上，大家纷纷劝她立马分手。可此时两人不但已经订婚，更重要的是在新房装修的时候，丸子已经砸进去了十多万。

这次兽医没有跟着跑过来，而是明确表示：分手可以，但是装修费一分也没有。讲到这里，好友在义愤填膺骂渣男的同时，又心疼自己的闺密："丸子真可怜，怎么就遇上了这么恶心的人。"

我说："这也得感谢你们，当时他明明已经露出了真面目，但你们不但没有及时劝她脱身，反而帮兽医重新披上虚假的外衣。"

她满脸委屈，说："他那时候确实很真诚，而且丸子也说平时对她真的很好。"

我很无语。他那时候不真诚能行吗？不真诚能把女友弄回去？能让她和自己订婚？能让她花钱做装修？

这种真诚都是可以装的。

退一万步讲，即便那时候是真心悔过，平常也是真心实意地对她好，但无数的事实证明，劈腿、家暴，这些行为都是会上瘾的。

5

有这样一句话："选择伴侣的时候，不要看他对你好的时候有多好，而是要看他对你不好的时候有多坏。"

不得不说，真的太对了。

在两个人的交往中，一个人的好是可以伪装的，但偶尔表现出来的那种坏却是内心的直接映射。

伪装出来的坏，在以后可能更坏。

　　他对陌生人的态度，都可以在一定程度上折射出他婚后对你的态度，更何况这种坏是直接针对你，甚至发生在你们交往之初。

　　企业管理学上有一种短板效应，套用在情感当中也很合适。

　　如果对你好是你们爱情里的长板，那么对你的坏则是短板。这时候，两个人的情感值不在于好的时候对你有多好，而在于对你不好的时候有多坏。平时再好也没用，因为一旦对你出现了恶劣的行为，再多的感情也会慢慢流逝。

　　而更可怕的是，随着时间的推移，短板只会越来越短，而长板也可能渐渐变成短板。

　　在爱情里，不去伤害他人，但也得学会保护自己。记住这样一个稳妥的道理：

　　不把好人逼成坏人，但也从不期待一个坏人能变成好人。

六 // 你到底为什么要结婚

一个人的时候也能过得好，
才能在两个人的生活中更加游刃有余。
相反，如果自己一个人都活不明白，
更不可能因为婚姻而出现转变。

你到底为什么要结婚

如果你问一个人："你想和什么样的人结婚？"

女生会说："胡歌的颜值，黄渤的幽默，王思聪的财力，周杰伦的才华。"

男生会说："上得了厅堂，下得了厨房，带得出去，也带得回来。"

但如果你问："你为什么要结婚？"

答案则变得五花八门，甚至很多人会突然陷入思维停顿。

曾有读者和我开玩笑说："你组织一个同城读者群吧，这样也许可以解决很多人的单身问题。万一以后真修成正果，那也算是大功德啊。"

我说："你就这么恨嫁啊。"

她说："没办法啊，年纪不小了，父母也是天天催。而且天天看着别人秀恩爱，参加聚会的时候也是望着人家出双入对，自己形单影只。最主要的是，一个人真的太无聊了。"

这样单纯又好笑的动机，让我一阵无语。

不得不说，现在婚姻比恋爱现实多了，所以衍生出了很多诸如"这个男人适合谈恋爱，但不适合结婚""那个女人适合上床，但不适合过日子"等各类言论，看似大家变得更理性严肃了，但再往深层次考究便立马发现不对。

很多人对于婚姻的理性，大多都是建立在一种互补或者增强的期冀上。

比如：曾经在感情上受过伤害，所以希望一段婚姻能让自己忘却；再现实一点便是财力的补充；更浅显的便类似于"感觉一个人太无聊了"或者"感觉一个人过得太累了"。

可是婚姻不应该成为人生纠错的工具，更无法成为一个人完善自己的途径。

2

有个 1995 年出生的小姑娘告诉我，她马上要结婚了，但是现在却感觉很害怕。

　　我说："没事，这叫'婚前恐惧症'，很多人结婚前都会有这种症状。"

　　她说："可是我完全找不到应该结婚的理由。"

　　我感觉很诧异，说："既然不知道为什么要结婚，那你当时为什么又要答应呢？"

　　她说："我们是父母介绍认识的。那时候，我们在同一座城市上班，双方父母在聊天的时候，觉得两人在外面互相有个照应挺好的，于是就安排我们见面。接下来发生的事情就很自然，聊几次天，看几场电影，就走到了一起。

　　"我是一个天性内向的人，甚至有些悲观主义，最开始的时候，我想如果能有一个人出现在我的生活中，那也许可以让我的生活变得喧嚣一点，充实一点。但现在我发现，我还是没能逃脱那种孤独的感觉，因为我的孤独来自于内心。"

　　我说："那你决定怎么办？"

　　她沉默了很久，最后叹了一口气说："我也不知道，我就是想倾诉一下而已，也许以后会好一点吧。"

　　我能从她话里边感受到那种无助的孤独，除此之外则是一种对自己无尽的失望。

　　我说："比起婚姻，也许你更需要的是尝试去自我调整。"

3

不得不说，婚姻在当下越来越成为了一种形式、一项任务。

到了一定的年纪，谈恋爱，结婚，生子，就像录入电脑里的程序编码，到了某个触发的时间节点，立刻有条不紊地进行。

而比这更严重的是，许多人都无法正确地认识婚姻，不明白它应该是顺其自然的产物、一种内心笃定的责任，而是将之当成了一种逃避空虚，甚至完善自己的途径。特别是在失败婚姻的原生家庭里出生的孩子，很容易陷入两个极端。

要么对婚姻过分恐惧，极端地排斥与不屑；要么对婚姻抱以过分的期待，希望以此来拯救自己内心的缺失。

认识一个单亲家庭长大的姑娘，交往了一个男朋友，但后来男方的父母不同意，原因便是他们认为单亲长大的孩子在性格上会有某些缺失，原生家庭会给她带来一些不好的影响，很可能以后会被带到她的婚姻生活中。

在经历了这段失败的感情后，她没有失去对婚姻的向往。

反之，她愈加想结婚，甚至迫不及待地想用一段婚姻去证明，甚至她在内心坚定地认为，自己内心那些从失败的原生家庭中沾染的不良因素，同样只能依靠一段婚姻去慢慢填平。

向往婚姻本没有错，但如果将之作为改善外界对自己看法认知的依仗，甚至当成一根摆脱内心的救命草，从初衷上来说就已经陷入了自相矛盾的怪圈。

一边怀疑自己，又一边寄托于外界。

4

曾在网上看过国外一个演讲。

演讲人 Tracy Mcmillan 出身于一个不幸的原生家庭，母亲是一位吸毒的妓女，父亲则是一名囚犯，她从 3 岁起在 20 多个不同的寄宿家庭中生活成长。她一直觉得自己不够完整，于是她把完整自己的方式寄托在了婚姻上。但在经历了 3 次失败的婚姻后，她才明白，婚姻无法解救她。

最后她更是悟出了一个道理：和别人结婚之前，得先和自己结婚。

什么是和自己结婚？

她说，和自己结婚意味着你和自己确立恋爱关系，也就是说你完全地奉献你自己。然后你培养和自己的关系，直到你意识到此时此刻你自己已是完整的，再不需要其他男人、女人、工作或环境来让你变得更加完整。

将内容简单化，就是学会接纳自己，如果一个人都无法接纳自己，那过分地希冀依靠婚姻等外物去充实，本就是一种舍本逐末、费力不讨好的无用途径。

一个人的强大，永远都只能来源于自身的充实。

5

通常来说，当我们对一件事情怀有的希望越小的时候，最后的收获反而越大。同样，当我们对婚姻怀有的期待越少，最后往往更容易得到幸福。

有的人二十几岁貌美如花，尝试用婚姻去拴住一个男人，可几年以后，该出轨的出轨，该离婚的也照离不误。也有些人三十几岁不愁嫁，一走入婚姻便是一辈子不离不弃。

两者相较，前者带有一种"功利性"，希望用青春与容貌去换求一世安稳，后者则是内心笃定，强大而不需要依附外界。

有人说，一个人对待爱情最好的状态是一个人可以过，但有你更好。

这句话对婚姻同样适用，一个人的时候也能过得好，才能在两个人的生活中更加游刃有余。相反，如果自己一个人都活不明白，更不可能因为婚姻而出现转变。

当你决定走入一段婚姻的时候，愿你不是利弊权衡，而是顺其自然。不求对方光芒闪耀，只需自身充实笃定。

遇到你以后，我都开始不酷了

1

清早还没起床，就收到了丫丫的信息。信息一反平常霸气侧漏的语言风格，扭捏中透着一丝慌张："怎么办，貌似我喜欢上了一个男孩子。"

我说："你找他单挑篮球，告诉他如果输了就做你男朋友。如果他喜欢你的话，自然会想方设法故意输给你。"

她说："可是他不打篮球啊。"

我说："那直接表白吧，这对于你来说，不是很简单的一件事情？成就成，不成就拉倒。"

她说："我不敢表白，万一他不喜欢我呢？万一他觉得我不够温柔体贴呢？我现在很纠结，努力不去想这件事情，但是这几天又满脑子都是他。"

身边的人谁不知道丫丫是一个多么酷的女孩子。

她喜欢运动，喜欢看恐怖片，喜欢一切刺激有挑战性的事物。打篮球把右脚脚踝弄成粉碎性骨折，挂着拐杖都天天嚷嚷着要去坐跳楼机。没事就玩三米跳水，哪怕整个身子呈人字形打在水面上，依然能龇牙咧嘴丢下一句"妈的，老娘还不信邪了"，然后哼哧哼哧地爬上跳板继续"英勇就义"。

她说："昨晚我和室友说这件事情的时候，不但她们嘴巴集体 O 字形，甚至自己都觉得不认识自己了。"

最后无论我怎么加油打气，她仍是不敢表白。

2

这不由让我想起了圈里的一个朋友阿婷。

酷爱跆拳道，喜欢军事，各种黄段子信手拈来，每次聊天都是文字不动，黄图先行。连我这种厚脸皮的大老爷们儿，有时都被她整得欲哭无泪。

就是这样一号猛人，如果不是她亲口说出来，完全不敢相信她也曾为了一个男人柔情尽显。

刚上大学，阿婷喜欢上了跆拳道社的一个学长。看见男生的第一眼，她就内心咯噔一下：完了。

从那以后，她像变了个人似的，不但每次训练的时候带两瓶水，他一休息就立马送上去，而且喝水的方式也由以前的鲸吸牛饮变成了润唇浅啜。

男生过生日的时候，她拉着室友跑遍几条街，最后在室友的建议下选择一款皮夹，盯着店员包装的时候独自傻笑，脑子里满是紧张与期待。

最让室友掉眼球的是，她愣是用那双从小喜欢挥枪舞棒的手去学习织毛衣，最后跟着视频笨拙地学了很久，织出了一条有模有样的围巾。

当然，这些待遇都只能是学长专属拥有。对待其他人，在没有学长的地方，她仍是以前那副大大咧咧毫无顾忌的模样。

但奈何学长一直都是不为所动。

到了大三，她决定当兵的时候，走到他面前轻声地告诉他自己要入伍了。男生只是愣了一会儿，告诉她好好照顾自己。

她笑着点点头，然后在擦身而过迈出第一脚的时候，眼泪便哗哗地流了出来。

3

以前写过一篇文章，大意就是鼓励女生在遇见自己喜欢的男生时主动一点。有些读者看了后备受鼓舞，但也有很多人对我直翻白眼："我也想，但真的不敢呐。"

想想也是，很多事情都是说起来简单，但真正做起来又是另外一回事。谁不想昂首挺胸地站到对方面前说："喏，你过来，我有个爱情想和你谈一谈。"

但是不行啊，有些情感一旦植根在心底，就会让一个人变得内心忐忑，身子僵硬，无形中将自己由从前的雷厉风行变成患得患失。

曾经我一直觉得自己比较被动，甚至带点大男子主义，用一句话说就是，估计这辈子指定单身了。

却不想后来不知怎么就突然喜欢上一个女孩子，那时候才知道，有些东西真的是无法自已的，辗转反侧后愣是在周末推掉了室友打游戏的诱惑，一个人偷偷窝在图书馆两天，写了足足一笔记本的情书。

现在想起来都觉得很"中二"，但那时候不这样想啊，甚至根本就没意识到自己已经因此褪去了满身骄傲，只担心是不是还不够好，对方会不会接受，怎么开口成功率更高，万一拒绝了又怎么办……

张爱玲的高傲与才华可谓并驾齐驱，面对当时已经颇有名气的胡兰成的第一次登门拜访，直接让他吃了闭门羹。直到后来的一次聊天中，她突然发现自己竟爱上了面前这个男人，立马为对方收敛起骨子里的傲气。

"见了他，她变得很低很低，低到尘埃里，但她心里是欢喜的，从尘埃里开出花来。"

4

很多特立独行的女孩子在内心都有这样一种错觉：

"就我这种走到哪里都是素面朝天，化妆觉得麻烦，讨厌婆婆妈妈，不懂柔言细语，走路带风，吃饭绝对吃到撑，喝水必须仰头灌的女孩子，估计是永远都改不了了。"

直到有一天，突然遇到一个人，你开始不自主地学着化妆，开始变得温柔，在任何有他的场合学会了收敛，内心开始多了一些小心思、小算计。

而最让你惊奇的便是尽管自己都觉得陌生，却从没有丝毫突兀，也没有任何排斥，只是在内心充荡着紧张与欣喜。就像遭遇一场失控的火灾，再也顾不上平时的风淡云轻。

爱情真是个磨人的小妖精啊，专门治疗各种神经病。

不然怎么会让一个人突然由从前的乖张洒脱变得小心翼翼；怎么可能让一个人由胸有猛虎变得细嗅蔷薇，又怎么可能让一个走到哪里都要插着裤兜的人仿佛被剥光了衣服站在对方面前，突然变得手足无措。

对有些人来说，世界上最好的情话，就是遇到你以后，我发现了一个陌生的自己。

至少在你面前，我变得一点都不酷了。

珍惜那个陪你一起打伞的人

1

前任找到小希求复合的时候，距离两人分手已经足足三个年头。

此时的他，除了不失从前的阳光风趣外，还多了一份时光赋予的成熟与干练。

两人的爱情可以追溯到高中时期。

和很多狗血的青春片一样，男生不爱学习，喜欢惹是生非，请家长到学校这种事情自然是家长便饭。小希成绩很好，一直是老师眼里的好学生。对于男生的追求，小希抗拒而又欣喜，耐不住男生各种撩拨，最后还是同意了。

后来被老师和家长发现了，自然是遭到他们的集体阻挠。但叛逆期的两人非但没有退缩，反而更加坚定地走到了一起。

男生在她的督促影响下，也开始将更多心思用在学业上，成绩也慢慢地升了上来。最后两人双双考上了大学，虽然不是同一所学校，但至少在同一座城市。

上大学后，对于他们的恋情，家长也由最开始的极力反对变成默许。大学四年，两人的感情也相对稳定，尽管会有磕磕碰碰，但还是坚持走了下来。

在小希眼里，早已将对方当成了自己未来的另一半，不止一次想象过两人以后结婚生子、一家人其乐融融的画面。

2

毕业后走入社会，两人这才体会到生活的残酷。

小希毕业于名牌大学，学业也很优秀，大四在一家公司实习的时候，获得了公司领导的赏识与肯定。在父母的建议下，她又参加了公务员考试，并最终以优异成绩通过了笔试，尚未正式毕业，便已经获得了体制内外的双重保险。

男生则不同，毕业于一所普通的大专院校，在这个研究生满地走的时代，找工作的时候自然是各种挫折。

感受到了对方的失落后，小希思前想后告诉他："我不面试了，我们一起留在这座城市奋斗。"

但男生却没有她预想中的那样开心，而是在沉默了几天后向她摊牌："我没有优异的成绩，也没有很好的家庭背景，未来于我而言有着太多的不确定因素。既然如此，让我一个人去走就行了，我不能让你跟着我一起赌。"

最后无论小希如何哭闹请求，男生还是坚决地选择了分手，之后便拉黑了小希所有的联系方式，自此杳无音讯。

3

时隔多年，当男生再次站在小希面前的时候，尽管不知道他经历了什么，但她能够明显感受到对方由内向外散发的自信与成熟。

我说："你会接受吗？"

没有丝毫犹豫，她笃定地回了两个字："不会。"

我问她："是因为心里有隔阂吗？"

她说："不完全是。"屏幕一直显示着"对方正在输入"，"当他站在我面前的时候，从前的记忆冲破时间的壁垒，汹涌闪现在我的脑海里。他还是那样体贴幽默，会逗我开心，会细心照顾我的习惯。我有过一刹那的恍惚，心中泛过一丝惊喜，但冷静下来后我突然醒悟。"

"每个时间段都会有不同的烦恼，生活也好，爱情也罢，我们不可能永远都是一帆风顺。我了解他，如果再次回到曾经的境地，他仍会毫不犹豫地做出同样的选择。

"他或许能够给我制造各种极致的浪漫，也能给我偶然的惊喜，但我更加知道，他永远都不可能是那个最合适的人。"

4

关于爱情，突然想起这样一道题目：

下雨的时候，在你身边有这样三种不同的男生。

第一个男生果断地把伞扔掉，牵着你一起在雨中奔跑；第二个男生把伞递给你，然后头也不回地独自在雨中奔跑；第三个男生会和你一起打伞，并悄悄地将伞的大部分让给你。

问：你会选择谁？

5

每个人都有自己独特的价值观，对爱情有着不同的期望，所以答案也会不尽相同。

但在回答问题前，我想先谈谈那些年我们的爱情。

十七八岁的时候，一切都像造物主的安排，那个人突兀地出现在你的生命里，让你拥有了人生的第一次萌动。

可那时候的你们，就像身处在被糖果包裹的伊甸园里，尚不懂得生活的全部意义，渴望激情与冒险，制造出各种海誓山盟的浪漫。

二十出头的时候，你们大学毕业。生命仿佛被重置，未来突然被摆在了你们的人生议题里。你们一无所有，感受到了前所未有的压力。

挣扎过后，他紧紧地抱着你，说"你走吧，去寻找我给不了你的幸福"，然后独自头也不回地扎进了未知的前方。

你有过怨恨，怨恨过后亦有过一丝无可奈何的感动。你觉得自己不会再爱了，因为连你自己都不知道到底什么才是真正的爱情。

直到后来，生命中又出现了这样一个人。遇到难题的时候，他没有沉沦，更没有松开你的手独自逃离，而是眸子坚定地站在你身旁，从未放弃对你们未来的渴望。

这时你才明白，原来这才是爱情最美好的样子。

仔细想想题目中的三种男生，不正代表着我们不同时期的爱情么？

6

电影《致青春》里，陈孝正毕业后选择了公派留学。在他看来，这样既忠实了自己的理想，更是解放了郑微的未来。

但对于这个没有任何商量的选择，郑微完全无法接受："为什么你连问都没问过我，也许我愿意跟你一起吃苦呢？"

陈孝正用一种自认为理智无私的语气，大声咆哮道："但是我不愿意。"经年以后，陈孝正功成名就归来，明明仍然爱着对方，但郑微却没有再选择他。

除了心里有了隔阂，我想更多的是因为她知道，两人对爱情的理解不在同一个维度。

简单现实点说，未来太过于缥缈，她不想再次面对被抛弃的可能。

时间教会人成长。

最后我们都会明白，比起只能在风和日丽的时光里给你制造浪漫的人，以及将自私地逃离当成对你好，而不愿意给你丝毫选择的人，那些在生活困顿无光的时候，仍能坚定不移地牵着你在风雨中同行的人，更能给人由内向外的安全感。

希望最终你可以遇到这样一个人：

生活无光的时候，他不是用一种主观为你好的方式替你作出选择，更不是只把最后的面包留给你，自己却杳无音讯。

而是拥有一种直视现状的勇气，选择不离不弃地将你揽入怀中，默默承担起生活的大部分重担，饭菜隔夜不凉，馒头给你大半，携你一起笑着度过那些难挨的时光。

珍惜那个陪你一起打伞的人。

什么样的伴侣会让对方放心

1

前段时间，我哥招待几个从外地过来的客户，吃完晚饭已经是九点多，然后大家一起去唱歌。

一直欢腾到凌晨两点多，客户连夜开车赶了回去。

我哥和另外一个已婚的小伙伴觉得时间太晚了，回去可能会影响到家人休息，于是没有回家，决定在办公室凑合一宿。却不想凌晨四点的时候，我嫂子突然杀了过来。还好，现场并没有出现传说中的捉奸在床，只有两个大男人一脸错愕。

我哥这个人，性格是比较逗趣的那种，虽然偶尔两口子会拌嘴，但通常都是他作出让步。很顾家，对于金钱没什么概念，身上一点油钱、一包烟钱就可以，家里也都是由我嫂子掌控经济大权。

　　而我嫂子平时也是一个很明事理的人，不敢说贤妻良母，但对丈夫、孩子的照顾也颇为周到，在外面也很会给自己男人面子。

　　总结来说，两人无论生活上还是事业上都一直很对调。

　　正是因为如此，上午听到这件事情的时候，吃瓜群众表示错愕了很久。

　　在我看来，一段感情如果陷入怀疑，要么是对方有风流成性的历史，要么是有出轨的前科。

　　很显然，这些他都不具备。所以对于这样的剧情，我觉得甚是费解。

2

　　为此我专门在朋友圈做了一个调查：什么样的男人才会让女人放心？

　　把回答扫了一遍后，我开始觉得我问的方式就不对。正如其中某个评论说的，这根本就是个伪命题。

　　因为大多数答案都指向一个观点。

　　没有男人会让女人放心。

　　从生理构造去解读，女人天性弱势，决定了她们对于外物的习惯性怀疑与审视。似乎在女性眼中，男性天生就具有欺骗本能，背叛是一种嵌入骨子里的基因。

特别是在结婚后，随着生活重心的转移，更多地把时间与精力放在家庭上，而丈夫在外面各种声色场所应酬忙碌，更加加深了女性对对方的怀疑。

所以最开始看到这句话，我的心是惶恐的，对于婚姻也多了一层恐惧。

但后来仔细一想，又开始深以为然。不过与原本评论所表达的观点却不相同，甚至截然相反，因为我觉得这句话反过来同样适合。

没有男人会让女人放心，也没有女人会让男人放心。

事实上，只有面对已经不爱的人才最放心。爱着的时候，无论两人感情多么好，平时多么和谐，总会偶现不信任的时候。

3

人的情感是一种很奇妙的东西。

有时候，明知道对方不会背叛自己，明明对对方的道德三观笃信不疑，但仍是会忍不住患得患失，陷入怀疑。

当然，随着精神文明的发展，两性的社会属性也开始被重新分配，渐渐趋于平衡。社会上开始出现各种新时代的声音。

"女人的安全感应该来自于自身，而非一段感情。"

"不要做女强人，要做强女人。"

......

类似的观点本身都没有错。正如现在很多人高举女性独立的旗帜，竭尽全力地去唤醒女性的个人意识。

这其实只是单纯地从物质出发的。

再深层次地思考，这种观点更是建立在对男性、对爱情的怀疑之上的，因为不再完全相信爱情，不敢过多期待对方，所以选择强大自身。

事实上，任何爱情都会带有精神上的交付。

哪怕一个人在爱情里被伤害过，但我相信，她同样也曾爱过、怀疑过，以后再次遇到自己喜欢的人，同样会再次相爱，再次怀疑。

只要一个人还相信爱情，还对另一半有所期待，爱情里的怀疑便会永无休止。

与物质水平无关，与社会地位无关。

4

高中时代，我们生物老师虽然外在平平，但学识广博，为人也是风趣幽默，所以很受大家欢迎。他的课程通常都是从轻松中开始，在欢笑中结束。

他的妻子是本校初中部的英语老师，长得非常漂亮。经常可以看见他们在校园里出双入对，算得上郎才女貌。

他是全校闻名的怕老婆，其他科目老师偶尔就会在班上说一点关于他"妻管严"的趣事，用来活跃气氛。

就是这样一对，却发生了一件让我们津津乐道很久的事情。

有一次，上晚自习，直到放学都还有同学在提问，而他也是耐心地帮同学讲解问题。

半小时后，他的电话响了。他挪到一边，一脸无奈地解释，温柔细语地讨好。

目睹这样的场景，旁边的同学想笑又不能笑，生生憋出了内伤。

最后，老师直接把电话递给了这位同学。听到这位同学的解释后，师母就在电话里有些不好意思地哈哈大笑。

第二天，两人仍是出双入对地出现在校园里。

5

在众多回答中，有一则评论我觉得非常好："越在乎越多疑，但可能由于每个人双商不同，高的人不动声色另有他法，低的人鸡飞狗跳方法极端，但初衷不过都是太过于在乎了。"

每个人的情商有高有低，情感的表达、诉求的方式、解决问题的手段各有不同，但有一点，我们内心深处对于所爱之物的占有欲望是相同的。

有人说，爱情是自由，而不是占有。但爱一个人的时候，又有谁就真的可以永远保持云淡风轻。

这种事情无关于情商，也无关于信任，而是一种本能，一种对于自己在意的东西的守护。当然，我更愿意将之理解为一种牵挂与爱恋，一种不完全正确，但却又情有可原的爱情表达方式。

如果一个人告诉我，自己对另一半从未有过一丝怀疑，哪怕只是一瞬间，尽管你也许不会承认，但我还是要告诉你，刨除不爱的因素，就只剩下两种可能：要么自身太优秀，要么对方不优秀。

爱情里的怀疑，会在不登对的情感中频繁发生，但同样也会在势均力敌的情感里偶有出现。

从另一个角度来说，怀疑其实也是一种肯定。

6

陈奕迅有一首歌《爱是怀疑》，其中有几句歌词为人熟知：
爱是妒忌，爱是怀疑。
爱是种近乎幻想的真理。
因为安全感，出于情感诉求，爱情需要怀疑，甚至是双向怀疑，从而引发一种轻微的危机感。偶然的怀疑不会让情感出现裂痕，更可能变成催促彼此变得更加优秀的动力。

只是，怀疑也像一种捶打，适度的捶打有助于稳固，但过度了却会产生无法愈合的裂缝。

趋利避害是人类的原始生存本能，将之放在情感中同样适用。

每个人都会不自觉地向舒适区靠拢。如果在一段感情中，因为被过度怀疑，而不得不将更多的精力放在彼此的周旋与纠缠上，内心就会愈加倦怠，爱情自然也会随之消散。

别让怀疑成为生活的主题，最后变成伤害彼此的利刃。

喜欢一个人，就不要问别人好不好

1

某天，收到这样一个问题。

她和闺密同时认识一个男生，后来闺密和男生走到了一起。但让她困扰的是，男生总是有意无意地向她询问闺密好不好。

她自然知道闺密有很多不好的地方，也知道她一些不愿吐露的过去，但显然有些话有些事情是不能说的。而那些客观存在的事实，又让她无法做到心安理得地盲目"夸奖"。

所以她一直觉得很为难，甚至不知所措。

我说："如果不想最后两个人都恨你，那下次你就直接回绝他，自己喜欢就不要问别人。朝夕相处积累起来的感受，比从别人那里获取的评价更真实。"

其实两个人的爱情，于旁人而言，唯一的选择就是你们好的时候送上祝福，你们分开的时候给予安慰。

如果自己发觉了什么，又或者是在相处中发现了彼此的不合适，那又何苦再从别人那里得到旁证。

既为难了别人，又蒙蔽了自己。

2

生活中有一个很奇怪的现象，爱情明明是两个人的事情，但很多人却喜欢从别人那里获取信息或是评价。

如果说有些人只是想从侧面获取对方的一些未知信息，这还勉强可以算作情有可原。但还有些人却是在追求的时候，甚至已经确立关系后，问自己身边朋友对于另一半的评价。

曾经有个好友，在朋友聚会上邂逅并喜欢上了一个女孩子。

奇怪的是，他明明很喜欢对方，也很想要发起进攻，却又总是询问我们周围人对女生的评价。

我觉得很费解，于是问他："如果我说不好，难道你就要放弃吗？"

他愣了一下，然后尴尬地笑了起来。

我一直觉得，如果你喜欢一个人，但又总是忍不住想要获取别人对他的评价，那么毫无疑问，你可能不是真正地喜欢。

至少，还没有你说的那么喜欢。

喜欢一个人是什么感觉？

大抵就是哪怕对方只是一个普通的韭菜馅包子，但也总害怕被其他狗叼走。

再自私一点讲，倾空心中所有的溢美之词都觉得不够，又怎能容许别人去肆意评价。

3

为什么有些人会将自己喜欢的人置于旁人的评价里，我想原因无外乎两点：一种是想从侧面了解对方，包括过去、性格；还有一种则是极力想知道对方在旁人眼里的样子，而这种人也最容易被别人左右支配自己的内心。

明明自己很喜欢，却因为旁人的各种挑剔与否定后，内心开始渐渐动摇。等冷静下来后直视自己的内心，这才发现原来对方真的是自己内心所求。而那时候，对方却早已走了很远。甚至，如果你只是想从这种别人正面的肯定中获取一种满足感，那么很遗憾，更大的可能会让你失望。

别人或许会碍于友谊，敷衍地给予赞美。但事实上，每个人的审美观、对待异性的标准是不尽相同的。

就像有些人觉得范冰冰漂亮，有些人觉得高圆圆更美，这都是个人审美的差异。

而在现实生活中，大部分人都不可能如她们一般光彩艳丽，更大的可能是你所喜欢的人只是平淡无奇，没有惊为天人的长相，也没有经天纬地的才华，甚至在别人眼里还有着诸多不堪。

但那又怎样，别人眼里的不堪，却刚好是你喜欢的样子。

4

记得之前有一个话题非常火，大意就是看一个人是否喜欢你，就看他愿不愿意把你在朋友圈公开。

我觉得这是有一定道理的，就好比如果一个人喜欢你，他就会非常乐意把你介绍给身边的好友。

可能你并没有多么出众，但至少在他眼里，你就是他最喜欢的样子，无关于旁人的眼光，也不需要其他人来评价。

不知为何，有相当一部分读者热衷于向我秀恩爱。

前段时间，一个姑娘屁颠屁颠地跑来告诉我脱单的消息。

我还没来得及祝福，她又发来了一张照片："怎么样，是不是很帅？"

根本不给我说话的机会，她立马抢着自问自答："算了，单身狗没资格回答，他就是我心中的低配版王凯。"

我努力平复了很久，最后还是没有选择拉黑。

5

喜欢真的是一件很私人化的事情。

但生活中又有很多人，在情感中总是习惯去征询旁人的意见，却不知这是爱情里最无效也最轻浮的行为。

记得网上有句话说得很好："自己喜欢的东西，就不要问别人好不好。喜欢胜过所有道理。"

我想，如果是喜欢一个人，那更应该如此吧。

电影《朱诺》中，父亲告诉朱诺：

"你最好找到这样一个人，他爱你本来的样子。不管好脾气还是坏脾气，丑也好，漂亮也罢。爱你的帅气，爱你的一切。那个对的人，一定会觉得，你的屁股里也能放射出阳光。"

客观极端点来说，这就是爱情最完美、最理想的样子。自己觉得完美无瑕，又何须再去了解别人的评价。

真正的喜欢，是荷尔蒙无预兆的瞬间溢发，是内心无缘由的震颤，是躲在角落里兀自地开出花来。

我喜欢你，又怎会在意你在别人眼里是什么样子。

世界上哪来完美无缺的人呢，只是当你出现的时候，我便立马遗忘了整个世界。

喜欢你的人，都愿意陪你说废话

1

同学小轨是朋友圈里出了名的话痨。

话多就算了，最主要的是这姑娘思维跳跃性太大，稍不注意就能从李白扯到马克思。

高中好友都说这姑娘以后的男朋友得多遭罪，言下之意就是这姑娘可能要注定单身一辈子了，却没想到她的爱情来得比谁都迅猛。

小轨上大学后就加入了一个社团，她的语言细胞仍然保留着高中时代的活跃。社团活动或者聚餐的时候，她更是停不下来，开始的时候大家都还能客气性地附和，久了后就干脆充耳不闻。

唯独一个男生总能接住她的话题。当然，主动权永远都被小轨牢牢掌控，但男生总能随着她的思维一起跳跃，再不济也是微笑附和。

有一次，和男生在一起的时候，她讲到兴起，得意忘形地说："小伙子，也就你能跟得上姐的节奏了。"

男生开玩笑说："其实跟得也蛮辛苦的。"

这个回答让小轨瞬间就噎着了，最后没好气地回了一句："那你为什么还每天和我没头没脑地聊天？"

男生不假思索地回复道："因为我喜欢你啊。"

这次小轨不再是被噎着，而是突然被憋着了，从耳根红到了脖子。

现在毕业三年，两人在一起七年，仍然是如胶似漆。你要问小轨的爱情哲学，她永远都是抛出她的至理名言：

"你都不陪我讲废话，那我还和你还谈个啥感情。"

2

某天，在群里聊天。

有个女生说，男友最近一段时间非常奇怪，一下班不是躲在自己的房间里打游戏，就是窝在沙发上看电视。如果她不开口，他可以整个晚上一言不语。

甚至是她主动开口，他也总是一副兴趣索然的样子，随便敷衍几句便又自顾地玩手机，说多了他还急，说自己总是纠结一些鸡毛蒜皮的小事。

她觉得很苦恼，不知道哪里出了问题。

群里立刻活跃了起来，婉约派保守分析可能是因为生活或者工作压力太大，过段时间自然就好了；豪放派则坚持认定这是出轨的前兆，肯定在外面有了情况。

她说："开始，我也以为是因为他工作压力大，但事实证明根本不是。也怀疑过是不是有了外遇，但后来觉得也不像。工资照交，每天都是准时准点地打卡上班下班。"

正当大家热火朝天的时候，有人发出一个标准的白眼表情，然后悠悠慨叹了一句："他只是不喜欢你了而已。"

群里瞬间安静了下来。

很多时候，两个人的情感值无法在大是大非中展示出来，却总能从生活的繁碎琐事中得以窥见。

有人说爱一个人就是有说不完的话，不需要山盟海誓，也无须至理名言。

爱你的时候，他永远不会觉得你烦，简单的唠叨，无意义的牢骚，都是一次灵魂的碰撞；不爱你的时候，哪怕你站在光鲜的舞台上，唱世界上最动人的情歌，落入对方耳郭里也只是一种噪声。

3

曾经在医院遇到过这样一对老人。

那时候，妻子已处于随时可能离世的状态。子女为母亲请了护工，每天也都会过来探望。但老人家每天都要赶过来，要么随同子女，要么直接一个人。

无论子女怎么劝慰，他都是固执己见地坚持。

妻子大多数时候都处于昏迷状态，他就坐在床边握着对方的手。在妻子偶尔清醒的时候，他立马眼睛放光，听妻子虚弱地讲一些家长里短的琐事，偶尔还会像一个小孩子一样发出爽朗的笑声。

有时，他和我们聊天，老人家说："年轻的时候，生活比较苦，让她受了不少的委屈，她也只能通过埋怨来缓解心中的苦楚。开始的时候觉得烦，慢慢就习惯了。如果我都不愿听，那她还能向谁诉说，后来我也就乐意两个人一起讲一些繁碎琐事。而现在一天听不到她的唠叨，就感觉生活少了最重要的东西。"

后来妻子走的时候，老人家也未出现明显的情绪波动，只是静静地坐在那里，看着子女们忙上忙下，最后由子女们搀扶着离开。

这也是很多老年夫妻的常态。

一起生活了一辈子，也唠叨了一辈子。但一方愿意说，另一方愿意附和，这本就是一种最纯真朴实的幸福。

4

爱情是一种很奇怪的东西。

它会让一个睿智的人变得愚钝，成熟的人变得幼稚，深思熟虑者突然血脉偾张，雷厉风行者频现患得患失。

甚至于那些惜字如金的人，也会变得偶有言语。至少他会乐于倾听，倾听你无用的废话，感怀你细碎的念叨，而又一点都不觉得突兀。

最悲哀的爱情，莫过于从最开始的言无不尽到最后的无话可说。而最好的爱情，就是找到一个愿意听你讲废话而又乐此不疲的人。

两个人的生活，从来都不是辞藻华丽的情话，而是日复一日烦琐的沉淀。

愿意和你废话的人，不一定喜欢你。

但一个不愿意和你废话的人，肯定不会喜欢你。

为什么大家都不愿意相亲

1

一次逛夜市的时候，突然接到老爸的电话。

聊天的内容很简单，自然是万年不变的三部曲：身体、事业和情感。不过奇怪的是他这次将话题着重放在了情感上，东拉西扯聊了一大堆，最后我越听越觉得不对劲。

我随口一问："爸，你不会是在给我准备相亲吧？"

估计也没想到我会这么上道，他愣了下，接着就是直接开门见山了："那女孩子各方面条件都蛮不错的，工作又好……"

当时我在逛商场，正拿着一件衣服准备试穿。我立马打断他，说："爸，你啥时候弄这副业了？"

他仍然不死心，说："要不，你还是先加人家微信聊聊看？"

我说："上半辈子够让你们操心了，下半辈子的事情就把机会留给我，让我自己来行不。"

"关键是你自己也找不到啊。"他毫不客气地反驳。

这算哪门子亲爸，我气得立马摁掉电话，坐在商场外的椅子上接连抽掉了八根烟，看了八十个美女，内心哀号了八百秒。

我的心才缓缓趋于平静。

2

为什么大多数人对于相亲有一种本能性的抗拒？

写这篇文章前，我特意在朋友圈做了一个调查：你愿意去接受相亲吗？为什么？

没有任何意外，不愿意的人占大多数。而即便是那些说愿意的群体，原因也是惊人的相似：因为自己本身的圈子太过狭小，就当作拓展自己的人脉也不错。

所以，从本质上来说，他们还是选择了不愿意，只是因为没有了办法，或者干脆将此当成一种扩展圈子的手段。

曾经我也想过这个问题，是单纯觉得感情不是商品，不能待价而沽，还是害怕最后两人走不到一起，让长辈们尴尬？

其实，有这些方面的原因，但又过于牵强。

感情不是商品，但相亲也不是父母之命，媒妁之言。他们只提供渠道，但最终选择权还是在自己手里，根本谈不上商品。而长辈们在撮合之前，也同样做好了两人不对眼的思想准备，所以亦没有相互尴尬一说。

最后思来想去，还是潜意识里觉得如果接受了相亲，无异于接受了自己找不到对象的事实。

所以，终究只是害怕自己不够优秀。

3

想起了一个朋友。

1992 年出生，对于女孩子来说，确实到了一个比较敏感的时期。

上半年的时候，她好心的舅舅找到她，说给她物色了一个非常优秀的男生，觉得两个人挺般配的。

而在介绍对方的时候，她第一次发现高中未毕业的舅舅，竟然有着这么好的词汇量，甚至言语中颇有一种"只恨自己男儿身"的无奈。

朋友一听都夸成这样了，就当长个见识呗，于是她就扭捏着同意了。

挂断电话后不到十分钟，有人申请添加微信好友。

朋友一看头像，很简单，一个秃顶中老年人的照片，立马增添了几分好感，至少说明这男生孝顺。

刚打完招呼，朋友便随意地夸了一句："现在把另一半当头像的很多，但没有几个人会像你一样把父母当头像。"

一阵长久的沉默。过了大概有两分钟，对方回了一句："那就是我。"

后来事情自然是黄了。

不过让朋友无法释怀的不是出师未捷身先死，也不是对方在舅舅面前吐槽她没礼貌，而是最开始舅舅对她说的那句："我觉得你们两个人挺般配的。"

直到现在她都一直在考虑，过年的时候到底还要不要去认这个亲戚。

4

尽管心痛又难以接受，但又不得不承认，别人眼中的自己竟然是如此不堪。

在朋友圈调查的结果当中，有一个回答特别好：害怕自己不优秀，更怕对方不优秀。

确实如此，既然都走上了相亲的道路，除了极少部分人确实是由于工作或者环境限制外，绝大部分人都逃不出四个字——眼高手低。通俗点讲就是自己不怎么样，又嫌弃对方不够好。

可是，你既没有出众的外在条件，又没有深厚的内涵修养，软件硬件都毫无亮点，又怎么可能找得到自己心中的完美伴侣。

认识一个大姐，普通本科毕业，通过自己努力考上了全国前十的高校研究生，步入工作后也是敢想敢拼，能力与努力并重。

毕业几年，她还不到而立之年，便已经是公司举重若轻的新锐领导。

公司里很多年轻小姑娘都将她视为偶像。

她对小姑娘们的劝诫就是："认真奋斗事业，但也不要忽略了自己的个人生活。当然，感情更不要去强求，把事业奋斗好，大不了以后去相亲。"

她丈夫就是她通过相亲认识的。当时别人给她说相亲时，她没有丝毫扭捏与紧张，很愉快地应允了。

因为她有这份底气，自身条件摆在那里，笃定对方肯定也会足够优秀。合适的话就发展，不合适也可以当朋友处。

层次越高的人，越是无惧于相亲。

5

并不是每个人的相亲对象，失败后都可以变成人脉的，这与自己本身所处的层次息息相关。

对优秀的人来说，谈成了是一辈子的伴侣，谈不成也至少是事业上的人脉。而对不优秀的人来说，谈成了是夫妻，没谈成也成不了什么人脉，充其量就是朋友圈多了一个吃流量的好友。

记得网上有一个段子，大意就是媒人给你介绍什么样的人，你在他心里就是什么样的人。

无法辩驳。

相亲其实一点也不可怕，可怕的是你在什么地方相亲，和什么样的人相亲，以什么样的方式相亲。

你抗拒街道旁边人声鼎沸的火锅店，但绝不会反感一万米高空上的私人飞机；你会抗拒身边那些硬件软件都不甚满意的人，但绝不会义正词严地拒绝胡歌、赵丽颖；你不屑于亲戚父母的反复游说，但肯定乐意在高端酒会上和对方谈笑风生。

所以，与其说你害怕相亲，倒不如说你在逃避自己不够好。

记住这样一个事实：你以后的相亲对象里，藏着你走过的路、读过的书和爱过的人。

宁愿晚一点遇见，也不要过早放弃等待

1

年前好友聚会，星哥向我大肆描述她的各种相亲经历。

星哥其实是个女孩子，只是因为关系很好，性格又比较大大咧咧，我给了她一个哥们儿的称呼。

从高中认识到现在，她都是标准的好学生，成绩优秀，毕业后更是直接进了体制内工作，而且还是省级政府机关。

按理说这就是长辈眼里标准的别人家的孩子，但她听了后直翻白眼："得了吧，我爸已经很嫌弃我了，说我让他在朋友面前抬不起头。"

原因很简单，26 岁的姑娘到现在都没有结婚，甚至连男朋友都没有。

我小心翼翼地问她："你相过多少次了？"

她歪着脑袋思考良久，双手一摊："大概十来个吧。"

我说："就没有喜欢的？"

她立马哭丧着脸："还真没有。照理说高矮胖瘦应有尽有，职业也是五花八门，相亲形式更是眼花缭乱。其中亦不乏锲而不舍的追求者，有时我也很努力去试着喜欢了，但真的兴不起一点感觉。"

我很想用诸如挑剔之类的词汇反驳她，但她接下来的一句话却让我哑口无言。

"那可是未来最重要的人啊。余生这么长，我做不到委屈自己。"

2

是啊，仔细想想，一辈子这么长，和一个不喜欢的人在一起该会有多无趣。

你找不到他的调性，他不懂你的幽默，在日复一日的生活中消磨着彼此，将生活过得机械而又公式化，直至最后被柴米油盐彻底淹没。

也许有人会告诉你，爱情从来都不是生活的必需品，当花前月下被柴米油盐浸透之后，生活的兜兜转转，汲汲营营，你也就不会再有纠结的力气。

可是，爱情本来就不是枯守，而是源于创造啊。对的那个人，一蔬一饭中都可以涂抹出浪漫的色彩。

有时候，我们都会迷茫，自己到底在寻找一个什么样的人？

人是懂得不断妥协的生物。年轻的时候喜欢好看的，后来发现有趣更重要，再后来觉得对自己好就可以，直到最后筋疲力尽，眸子里再没有了任何希冀。

年轻时候的相遇，大多输给了任性。长大之后再遇见，又大多输给了理性。

可这无论对于自己，还是未来的那个人，都是不公平的。

既然未来本就无法确定，为什么就不能再迟一点，再坚持一下，等到那个能让自己欢愉、催促自己进步的人。

3

曾听过太多这样类似的言语："怎么办啊，我觉得我再也不相信爱情了。"

让人无奈的是，说这句话的人大多二十出头，在本应该无所顾忌的年纪里，却因为在错误的时间遇到了错误的人，经历了一两段错误的感情，便绝望地认定这就是人生。

可是你要知道，你可能都不懂什么是真正的爱情。你更加不明白，也许你还从未遇到过真正的爱情。

真正的爱情，会有犹豫，有难过，有怀疑，有悲伤，但最终都会获得那份心之所向的完满。真正对的人，他会散发出一种异样的光芒，足够耀眼。最开始的时候可能会让你迷茫，甚至陷入自我怀疑，可慢慢就会发现他投向你的目光却无比柔和，温暖而又笃定不疑。

有人说，人的一生会遇到 2920 万人，但两人相爱的概率却不到 0.000049%，甚至都不包括两人是否真的合适。

这意味着终己一生，你可能都遇不上最合适的那个人。

但是，爱情从来都不是概率论啊。

它需要一个恰逢其会的时机，需要一点不期而遇的运气，但更需要的是坚持，是相信，是笃定。坚持爱情，相信时光，笃定所有的美好终将会发生。

如果有一天你不能坚持了，那我也希望是因为你已经用尽了全身力气，无以为继，而不是因为年龄，因为理性，因为无所适从。

宁愿晚一点遇见那个对的人，也不要过早放弃等待的初心。

4

张爱玲曾在《爱》里说："于千万人之中遇见你所遇见的人，于千万年中，时间的无垠的荒野里，没有早一步，也没有晚一步，刚巧赶上了，那也没有别的话可说，唯有轻轻地说一声：哦，你也在这里吗？"

相对于往后漫长的人生而言，单身终归是短暂的，所以好好珍惜一个人的时光。

无论你邂逅过怎样错误的人，历经过如何不堪的往事。也许这些都曾让你心若死灰，但终将会有人带着你与岁月握手言和，以一种简单而又温暖的方式。

你要相信，生命中总会有那么一个人，在某个不经意的瞬间突兀地闯入你的生活。

他会欣喜你的笑容，感怀你的悲戚。他会好奇你曾穿过的每一条小巷、在走过的每一条街道、路过的每一家便利店，陪你温习曾经的时光，携你丈量余生的岁月。

而在此之前，你只需努力成为更好的自己。

七 // 努力得到的都不是侥幸

努力得到的从来都不是侥幸，
唯有那些付出或失去却让自己野蛮生长的，
才是我铅华尽洗后真正的人生。

努力得到的都不是侥幸

1

前年，去重庆出差，事情办妥后直接打车去解放碑。

如果说你刚到一座城市，你对它知之甚少，但又来不及为此做更多研究，那么和出租车司机聊天绝对是一个高效有用的不二窍门。他们大都比较健谈，大到国际政治，小到家长里短，都能叙说一二。

司机是一个五十来岁的中年人，讲着一口地道的重庆话。他也没有让我失望，从城市历史到未来规划，从《疯狂的石头》到《火锅英雄》，最后聊到了房价，他开心地说自己已经在这座城市买了两套房。

那种朴素的自豪情绪溢于言表，毫不掩饰。

也许是觉得自己有些唐突，他不好意思地笑笑，而后轻叹一声，给我讲了下他的故事。

他老家在重庆某个偏僻的山区，为了脱离贫苦的生活，他和妻子一商量，大着胆子便来到了重庆。

最开始的时候，他当棒棒（靠一根竹棒和肩膀生存的人），妻子则在火车站提个篮子给人擦鞋。最苦的时候，赶上交房租却掏不出钱，两口子带着子女在桥洞里睡了大半个月，直到凑够房租。

2

他们做过很多事情，头几年的时候和很多城市盲流一样，一家人一直都处于随时可能打道回乡的状态，直到后来生活慢慢变好，直到后来妻子在车站旁边开起了自家的水果铺，而他则跑起了出租车。

而现在，两个女儿已经嫁人生子，儿子则在北京高校读研，一套全款买的二手房，一套马上还完房贷的黄金地段楼房。

有时候回到老家，乡里那些仍然生活在穷乡僻壤里的亲朋故友很羡慕他们，但也有人打趣说他祖坟冒青烟，才能运气这么好。

我半开玩笑地问："你觉得自己是运气好吗？"

他笑着撇了撇嘴，说："如果说这是运气好的话，那我们这么多年的苦都白受了。"

一家五口在桥洞里望着万家灯火，承受着整座城市奢靡繁华疏离的时候；挑着沉重的货物穿街过巷，被衣着光鲜的路人一脸嫌弃的时候；奋斗许久却仍买不起一间小房，站在城市路口迷茫无助的时候……其实，人到中年，奋斗二十余载，携妻带子在一座城市中安身立命，对很多人来说，或许根本就不值得骄傲。

但谁也无法否认，他是用青春在城市中砌造出的自己的楼宇，哪怕最终的收获仍然廉价，但从不侥幸。

3

这个世界有时候真的非常奇怪，大多数人对于天才都有一种由衷的敬服，但对于那些曾经与自己齐头并进，最后却一骑绝尘的平凡者总是心怀不平，恶意揣度。

他们不会明白，其实相比于天才，那些资质平凡却从不妥协，在黑暗中眸子明亮的平凡者更值得让人称道。

有时候圈里的作者聚在一起聊天。很多人从前都是默默无闻，扔在人群中激不起一丝波澜，可在开始写作后，随着平台的上升，知名度变大，眼界格局的拓展，人生突然出现了一些微妙的转变。

而身边却开始出现这样一些人，由开始时候的无感，逐渐转变为另眼相待，最后却又演变成各种阴阳不明的情绪："他啊，就是运气好一点而已，才侥幸有了一些小成绩。"

生活中永远不乏这样一些人，总是习惯在别人出现一丁点成绩的时候跳出来奚落打压，却从不探究别人为此失去了多少，经历了什么，用天生幸运否定别人的付出，用侥幸而成安慰自己的愚钝。

4

有一个师兄，大学毕业的时候，身边绝大部分同学都选择了相对安逸的生活，他却和一家公司签了三年的海外合同，派遣驻扎在了遥远的非洲。合同期满后回国成了公司的技术骨干，而今刚过而立，却已经是公司举重若轻的技术中层领导，年薪数十万。

同学朋友大多十分羡慕，却也有人在背后愤愤不服，认为他只是侥幸遇上了公司扩张，从而拥有了如今的高位。

这些人不曾想当他们安居国内的时候，别人却日复一日地奔波在异国荒瘠的土壤上；他们下班后可以灯红酒绿，别人却几个月不能出工地，生活用品采购都要安保人员携枪带弹地随同；当他们和家人其乐融融的时候，别人却连祖母过世都只能遥望家乡，含泪远悼。

人生总会遇到一些节点，大多数人要么驻足彷徨，要么知难折返。可还有些人却会反复询问自己：甘心吗？有资格放弃吗？
既然不能放弃，那就埋首向前吧。

毕竟如果只是双手空空地等待，那么纵然在眼前矗起一座金
山，也只能徒叹自己没有拔山而行的力气。

衣不沾尘的旁观者，又怎会懂得"饮浆食土"时如鲠在喉的
艰辛。

努力得到的从来都不是侥幸，唯有那些付出或失去却让自己
野蛮生长的，才是我铅华尽洗后真正的人生。

不要和否定你梦想的人在一起

1

前段时间，和表叔聊天。作为长辈，他习惯性地关心了一下我的情感状况。

后来他说了这样一段话：

"每个人都有自己的择偶标准，职业、性格、专业，或者是外在条件。作为过来人，我唯一能给予你的意见就是，不要和否定你梦想的人在一起。"

表叔只有初中文化，年轻时候常年在外打工。有一天他突然觉得人生不应该如此，那一刻他决定重新开始。

当时，他谈了一个女朋友，而且两人已经到了谈婚论嫁的地步。当他把这个想法告诉女友时，女友觉得他是异想天开，极尽嘲讽地把他骂得狗血喷头后，丢给他两个选择：一是踏踏实实生活；二是立马分道扬镳。

那天晚上，表叔一个人坐在公园的椅子上抽了整晚的烟，最后和女友分了手。

后来，他用自己多年的积蓄上了夜大，二十几岁的人白天工作，晚上上课，每天熬夜啃书本到凌晨。十几年的奋斗，他现在早已是一家大型 IT 企业举重若轻的中层领导。

有时候，回想过去，他说比起周围人对他不屑一顾的嘲讽，女友对他梦想的轻蔑践踏更让自己觉得疼痛。

2

曾经有个刚上高二的小姑娘给我留言：

从小，我便喜欢各种颜色，和许多人一样梦想以后成为一名画家，不奢望多有名，但可以一笔笔地勾勒出自己喜欢的画卷。可是，为什么他要一次次否定我的梦想。我知道我天赋不够，亦还没有扎实的专业功底，也没有经历丰富的人生，我也知道这条路注定会很艰难。

那又怎样，这就是我植根在心底满怀期待的梦啊。我还年轻，我还有很多时间去沉淀，去实现。而且，哪怕我真的一辈子都无法实现也没关系，只要我在努力，只要他在我努力的路上对我笃定不疑就好。

我一直很爱他，也想过和他考上同一所大学，以后在同一座城市上班，甚至以后结婚生子。

可是，现在我讨厌死他了。

你知道吗？

让我难过的不是梦想离我有多远，而是那一刻我觉得他离我好远。所有人都可以否定我，唯独他不行。

3

这不由让我想起了自己。

上大学的时候，我整天都是无所事事，只想着逃课上网，和同学朋友恣意挥霍自己的青春。

有天晚上，参加完同学的生日聚会，因为喝酒的原因，我半开玩笑地告诉女友，我说："我好讨厌这样堕落的自己。知道吗？其实我一直都想写自己喜欢的文字，甚至出一本自己喜欢的书。"

她一反往日的嬉笑打闹，而是突然站定，转过头很认真地望着我说："我觉得你可以。"

那一刻，我觉得一阵莫名的感动。

我绝不会认为她的信任来自于我曾给她写的那些蹩脚空洞的情诗，也不会认为是因为自己那些偶尔在空间留下的无病呻吟的文字。

唯一的解释，就是因为她爱我，所以愿意陪我一起呵护我的梦想，并对此笃定不疑。

虽然过去了这么多年，两人也早已是天各一方，但我总会记得那晚昏暗的街灯下，她望向我时眸子里的坚定明亮。

4

李安曾在《有梦想的人才能举起奥斯卡》的回忆短文中，诉说了自己早年的经历。

当年，李安不顾父亲的反对，一意孤行地选择前往美国。从电影学院毕业后，整整六年时间，事业没有丝毫起色，也没有什么经济来源。除了承揽所有的家务外，其他时间都是拿着剧本到处跑，受尽冷眼。

而整个家庭的经济，全靠妻子林惠嘉一个人支撑。

在即将踏入而立之年的时候，李安突然开始怀疑自己，辗转反侧几个晚上后，终于决定面对现实：放弃自己的电影梦，承担起一个家庭中作为丈夫与父亲的责任。于是他偷偷去社区大学选了一门电脑课。

那段时间，李安整日萎靡不振。妻子很快发现了他的反常，有天晚上在他的包里发现了课程表。

那一晚，林惠嘉没有和他说一句话。等第二天去上班的时候，她本来准备要上车了，站在台阶下突然又转过身来，一字一顿地告诉丈夫："安，要记得你心里的梦想！"

后来，迎接李安的是三项奥斯卡金像奖、五项英国电影学院奖、四项金球奖、两项金狮奖、两项金熊奖。李安一跃成了国际上最知名的华人导演。

旁人在评价林惠嘉的特质时，其中就有一点，包容以及支持丈夫的梦想。

哪怕在他最低谷落魄，看不到任何希望，周围所有人都怀疑他的时候，唯独她一直温柔地予以鼓励。

5

梦想这个词，本来就带着一种虚无缥缈的希冀。

可是，它虽然遥远，但终归是支撑一个人跋山涉水不断前行的本源力量。也正是如此，所以我们更愿意把它默默地放在心底，不敢言说，因为害怕别人的嘲笑，亵渎了自己最神圣的信仰。

很多人说，对于怀揣梦想的人来说，周围总会有人支持你，有人反对你，甚至嘲讽你，打压你。这时候要学会不管他人闲言碎语，只消自己默默前行。

可是，你本来就不是别人啊。就像我们可以将周遭所有的白眼转化为自己前进的动力，却无法消化身边的亲人对自己的伤害。

周星驰主演的《大内密探零零发》里有一句经典台词："只要你说我行，就算全天下的人都说我不行，我也不在乎。"

换一句话说："如果你说我不行，那么就算全天下的人都说我可以，又有什么坚持下去的意义。"

因为你的肯定，我有了给梦想插上羽翼的动力。也因为你的否定，它立马变成了我无法言说的心事。

远离那些肆意嘲讽你的人，更不要和否定你梦想的人在一起。

很多时候，摧毁一个人的永远不是围身耸立的冰墙，而是那些自以为触手可及的温暖。

有梦的人永不孤独

1

你孤独吗？

早上一个人按表踩点地赶去上班，下班后带着满身困倦和一大群陌生人拥挤在车厢里，窗外的街景应接不暇，有时会觉得莫名的感动，有时又会滋生无端的厌恶。

你期待双休节假日，因为可以放纵自己看剧到凌晨三点，然后一觉睡到下午三点。但你又害怕节假日，因为醒来后的你会茫然失措，除了知道晚上要点一份便当外，再也没有了方向。

你好不容易将自己从床上拎起，全身上下梳理一番出门逛街，但独自走在街上，望着这座熟悉而又陌生的城市，一种包裹在繁华里的疏离感向你汹涌而来。

你不敢出去看电影，因为电影院里的情侣会戳到你敏感的神经；过生日的时候只敢买最小尺寸的蛋糕，因为一个人吃不完；你不敢忘记带钥匙，因为你知道没有人给你开门。

对于未来，你由最开始的信心满满，早变成了现在的一片灰暗。你讨厌这种似乎永无止境看不到进度条的日子，你感到很绝望，觉得眼下的一切都糟糕透了。

但是，你知道吗？

生活中还有一种人，同样二十出头，同样朝九晚五，但他们宿落在自己的城堡里从不孤独。

2

以前学吉他的时候，认识了一个女生。

姑娘从小喜欢舞蹈，大学读的也是艺术专业。毕业的时候，她想去北上广，既因为那边行业水平较高，还有就是薪酬丰厚。但男友希望她能留下来和自己一起打拼，父母同学也劝她，一个女孩子跑大城市去遭那份罪干什么。

但她觉得无论金钱还是能力，自己都需要一个跳板，所以最后还是义无反顾地走了出去。

前段时间碰面，吃饭的时候我随口问她："一个人在那边也挺孤独的吧。"

她说："孤独？我在最开始工作入不敷出的时候感到过艰难，也曾在遇到蛮横学员无理刁难的时候流过眼泪，但就是没想过放弃，更不曾有过孤独。"

不等我诧异，她就继续掰着手指和我说："我也得有孤独的闲情雅致啊，现在我只觉得时间不够用。要知道我离梦想还有很多东西：我需要足够支付一年的场地租金，还有舞蹈房的各种设备，挂式音响，墙镜，地板，地胶……而且到时候还要请一两个老师，前期宣传，都要钱啊。"抿了一口果汁，她又开心道，"现在虽然累了点，但我既可以赚钱，学到的东西也越来越多，每天感觉都很充实啊。虽然绝大部分时候都是一个人，一个人上班，一个人做饭，一个人逛街，但只要想起未来的模样，都会忍不住偷偷开心。"

说完便毫不优雅地大笑起来。

3

我又想起了表妹。表妹的大学生活非常无趣，经常被同学和室友打趣说不合群。

别人都是上课、逛街，或者躺在床上玩手机，双休的时候和男友腻在一起。但表妹除了参加寝室的聚餐外，绝大部分时间都是泡在图书馆，参加各种学习班。

我有时和她开玩笑说："别让自己太孤独，你这样会没有朋友的。"

她笑着说："哪里会孤独，孤不孤独从来都不浮现于表面的一个人还是一群人，更应该来自于一个人的内心。如果我强迫自己和大家一起去疯去耍，那才是真正的孤独。"

其实我在内心是很佩服她的。

和大部分人一样，她永远都知道自己想要什么，但和很多人又不同的是，她会一步一步地朝着目标努力。

喜欢插花，她就会找来大量的学习资料，选修插花艺术；喜欢画画，她也会用奖金和兼职收入，在闲暇时间报绘画培训班；她从小便向往厦门大学，但高考差了十几分，所以她早在入学的时候便把考研目标瞄准了厦大。

现在刚上大三，但当其他同学还在学校无聊迷茫的时候，她已经清晰地规划好了自己的人生轨迹。

4

关于孤独，我想起了一句忘了出处但印象深刻的话：

"孤独不是在山上，而是在街上；不在一个人里面，而在许多人中间。"

大部分在尘世中灰头土脑的人，他们对现状极度不满，可对未来又无比抽象。时刻想着逃离，却又不知道该走向何处。

最后逃离变成了逃避，在喧嚣的人群里大声欢笑，在寂静的午夜里孤独自怜。

有一种人，看似孤独，其实内心早已盛放。

他们不畏朝九晚五的循环工作，无惧日复一日的枯燥生活，在波澜不惊的岁月里默默追逐自己的英雄梦想。

真正孤独的人，永远不是那些埋首前行、坚毅决绝的逐梦者，而是冲撞在现实与梦想、失望与渴望之间徘徊不定的人。如果一个人看不到希望，不过是因为对自己失望罢了。如果一个人感到孤独，那也仅是因为除了机械化的生活，再也没有什么可以填补他内心的沟壑。

始终坚信一个道理：

忙碌的人从不迷茫，有梦的人永不孤独。

职场中你必须知道的几件事

1. 正确对待兴趣和事业

很多人在选择工作的时候，都会纠结一个问题：是选择自己心之所向的兴趣，还是选择能养活自己的事业。

通常问这个问题的人，都面临着一种情况：不喜欢自己的专业，但兴趣又完全支撑不起现在的生活。造成的后果便是频繁跳槽，而且越跳越差，越跳越迷茫。

其实，并不是所有的兴趣都能发展成事业。而且兴趣只能说明你对某一领域有探索的热情，但并不代表目前你在该领域有着高人一等的能力与水平。

最稳妥的方法是，用事业支撑生活，用兴趣调剂生活。在工作之余不断强化自己的爱好，这样不但丰富了生活，更是为未来创造了更多可能。

而当某一天你发现兴趣足够支撑你的生活，甚至能够为你拓展出一片未来的时候，这时候你再考虑把兴趣当成自己一生的事业。

我始终认为，一个连生活都无法保证的人，是没有资格躺在床上谈梦想的。

2. 谨慎对待情怀型公司

这在创业型公司中很常见。

老板习惯性和你谈情怀，但就是不谈工资。

其实吧，情怀是可以谈，但如果情怀成了老板的口头禅，甚至变成克扣员工福利的武器，那实质就是一种耍流氓的表现。

很多刚走入社会的同学，真的很容易就被忽悠得一腔热血，最后恨不得自己掏钱去上班。

当然，很多事情不可片面地去看待，很多大企业甚至上市公司都是由创业公司起步。所以这时候，你就需要学会甄别。

甄别的内容无非两样：公司，老板。

公司的运营是否合理，公司的前景是否明朗，当然，更重要的是目前是否能学到东西。

至于老板，不要迷失在他的夸夸其谈里，而是要看他的格局与胸襟。当然，最重要的一点是品行。这也是下面要讲的一点。

3. 上司的品行比能力更重要

很多人会觉得，只要钱给到位了，老板的人品关我什么事，反正也没多大的交集。

我给你们说一下我的故事。

大四上学期我在一家公司实习，老板是一位在校博士生，最开始他留给我的印象很好。

上班的时候对我嘘寒问暖；出差回来如果赶不上返校，他就会直接定好五星级酒店；在出差报销的问题上也表现得很豪爽。

当时我一度都觉得自己非常幸运，自然也是很拼命地做事。

但后来发生的两件事情，让我对他的品行出现了怀疑。

一是暗地里挖自己导师的墙脚，而那个导师给他的业务人脉提供了很大的帮助；最让我对他反感的是某次和他一起出差，他对高铁乘务员言语轻佻地侮辱。

也正是因为这个原因，没多久，我选择了辞职。

这时候，他露出了本性，扣了我一个月的工资，他本人更是换成一副无赖的嘴脸。后来，我费尽周折才把工资拿到手。

一个人品差的老板，需要你的时候有多殷勤，一旦不需要你的时候，翻脸就有多绝情。

4. 站队需谨慎

这在一些大公司比较常见，作为处于职场底层的新人来说，遇到这种情况其实是很不幸的，但又无法逃脱。

很多人对此表现得无可奈何。其实当站队变得不可避免的时候，那就从另外一个角度考虑，有时候它也未尝不是一件好事。

两种不同话语权的碰撞，其实就相当于一次职场资源的洗牌，甚至在岗位上会出现大量空缺。而在此之前，你只需要确定两件事：

第一，选择站队的领导，必须是和你的职场价值观相匹配的；

第二，一旦做出选择，那么迟不如早，领导只会记得那些一开始就帮他摇旗的人。

当然，我更希望你的职场不需要这种选择，而是可以一个人默默提升自己。

5. 切莫交浅言深

这个道理在生活中是通用的，只不过在职场里又被无限放大。

有些人在进入一个新集体的时候，会莫名出现一种"不安全感"，总期待用交心的方式去获取职场里的友谊。

于是，有些人就会犯下掏心窝子的毛病，私事也好，公事也罢，甚至关于个人对公司的不满、对领导同事的一些看法，一股脑地向对方倾诉。

可是，人性永远都是不可揣摩的。特别是当面对一些利益冲突的时候，有些人上一秒还和你谈笑风生，下一秒就把刀往你心窝里插。

感到不可思议？但这是职场里再正常不过的现象。

当有人主动和你讨论其他同事的时候，实在推不过，宁可多说人家好话，也不要随意附和。

职场上同事之间的聊天，最保险的方式是：聊公不聊私，客观评价多于主观意见。

6. 不要过于圆滑

很多刚入职场的人，收到最多的建议当中，肯定有一条：会做人，会来事。

简单点讲就是圆滑。

这种行为本身挺好的，至少有利于职场生存。但很多人却用力过猛，甚至将之变成一种职场上的本能习惯。

可是，一个人如果过于圆滑，就很容易让自己陷入"信任"危机。领导也好，同事也罢，都会对你有所防备。

所以，一个人在懂得人情世故的基础上，首先必须保证有自己的原则与底线。

7. 学会收敛，不要过于锋芒毕露

很多刚入职场的人，凡事都急于表现自己，所以显得过于招摇，也为其他同事所不喜。

所谓日久见人心，能力也是如此。只要自己胸中有料，就不必害怕不会发光。给其他同事留一点表现的机会，这样更有利于职场交际。

很多人选择辞职的原因，并不是公司待遇不好，也不是上司吹毛求疵，而是受到同事明里暗里的排挤。

人嘛，最重要的就是开心。生活里是如此，工作中也是这样。步入职场后，和你待一起最久的人不是父母，也不是恋人，而是长久共事的同事。

做一匹敢于在伯乐面前奔跑的千里马，同时也要学会做一个让周围同事觉得舒服的人。

8. 端正工作态度

职场人最常见的思维误区便是：我是在替老板上班，为公司谋利。

其实这是一种很危险的想法，正确的想法应该是：我是在为自己工作，为公司带来利益只是提升自我过程中的顺便之举。而且，你能为公司带来的利益越多，说明你自身拥有的技能越强大。

没有一个人会永远在一家公司工作，也没有人会甘于永远死守在一个岗位。

思维的差异，往往影响其往后的发展，甚至最后决定着一个人未来的层次。

9. 工作之余，多发掘人生的其他可能

上面谈过兴趣与事业的选择。

很多人特别是一些单身人士一到下班放假，便失去了方向，总觉得无所事事。这时候，有自己的兴趣爱好就显得至关重要。

如果暂时没有，那就努力尝试去做一些有益，至少得是有趣的事情。一个人的眼界与格局是会随着知识的增长而扩展的。

不同的格局，所看到的风景也是不同的，甚至当你达到某一层次的时候，你会发现自己曾经固守的思维方式轰然崩塌。

这时候，不再只是你思维的升华，更可能是你人生的转折。

层次越低的人，越得理不饶人

1

某天晚上，散步回来，经过一家便利店的时候，发现门口围着一大堆人。

一个四十来岁的中年男子，正对着一位老人骂骂咧咧。

原来，老人挑着货物从男子身边经过的时候，不小心把煤灰碰到了他裤子上。本来这也不叫什么大事，正常人接受一个道歉也就过了，再苛刻点的人也无非就是埋怨几句。

但男子却是不依不饶，也没说要怎么处理，就是不停地谩骂，时不时还会和围观的人群说几句，生怕别人不知道他是受害者。

老人一看就比较木讷憨厚，站在那里手足无措，涨红着脸不停地道歉。

最后有人看不下去了，说："就这么点事，人家也都说帮你洗了，你一大男人为难一个老人家干什么？"围观者也开始陆续帮老人说话，男子眼看风向不对，又谩骂了几句后嘟囔着离开了。

男子走后，有人言语轻蔑地打趣他道："他啊，一天到晚地游手好闲，被女方家百般嫌弃，老婆也从来没正眼瞧过他一眼，就连自己的孩子都对他爱理不理，老头碰到他也是倒了八辈子霉。"

一语道出了其中真相。

有人说，生活中越弱势的人，可能就越不懂得宽容与大度。这句话显得有些绝对，但反过来看，如果一个人不懂得宽容与大度，习惯性得理不饶人，那么毫无疑问，他的层次肯定高不到哪里去。

2

有一女性朋友，大学的时候在一家咖啡馆做兼职，形形色色的人自然是没少遇见。

有一次，她接待一对情侣，服务员不小心把他们与其他客人的咖啡弄混了，其中的女生立马发飙了。

当时，邻桌的客人还没来得及喝，服务员立马表示给他们换回来。但女生说："都上了别人的桌，万一有什么病，谁负责？"

一句话不但让服务员欲哭无泪，更让邻桌的客人都尴尬不已。

服务员又表示立马给他们换新的，但女生都置若罔闻地不停数落。后来女生的男友也在旁边劝说，女生同样是不依不饶，哪怕最后服务员说自己掏钱给他们买单都不行。

后来店长赶来，在了解了事情原委后，当着他们的面狠狠训斥了服务员一通，女生这才骂骂咧咧地消停下来。

在朋友看来，同事有错在先，面对别人的指责无可厚非，也不想多说什么。但从女生个人行为出发，这样得理不饶人、盛气凌人的态度，无形拉低了其个人的修养，甚至将自己的内在层次毫无保留地暴露了出来。

再光鲜亮丽的外表，也遮挡不了她刻薄狭隘的灵魂。再尊贵奢华的餐厅，也无法掩盖其层次低下的事实。

3

当我们评定一个人层次的时候，不应只囿于表浅的物质条件，更应该观察其内在的精神涵养。层次无关于贫富，也无关于学历，只关乎于一个人的修养与格局。

层次高的人，哪怕一无所有，心灵边界宽广无疆，对待外物自有其胸襟。层次低下的人，哪怕全身珠光宝气，但言行举止却无比粗俗，总需要寻求一些略显畸形的存在感去填补内心的缺失。

什么情况下，一个人的表现会让别人觉得是得理不饶人？就是那些在某些无伤大雅，亦无多大损失的非原则问题上，占据着规则或者道德上的主动，死死抓住人家的过失不放，最后将小问题演变成一场大闹剧。

生活中这样的现象比比皆是。

餐厅吃个饭，对着稍有疏忽的服务员大喊大叫，得理不饶人；外卖小哥稍微迟了点，立马指着人家的鼻子破口大骂，骂完还要投诉；出门无论坐个飞机还是火车，总是把自己当上帝，完全容不下乘务人员的疏忽，稍有不满便恶语相向……

有一句话说，对待服务员或者弱者的态度，可以看出一个人的修养。同样，在一些无伤大雅的事情上，展现给旁人的态度，可以看出一个人的层次。

精神层次越低下的人，心灵边界越褊狭，越喜欢得理不饶人。

4

当面对一些并无多大损失的不公正待遇时，可以客观反映出人的三种层次。

第一种是所言所想内外一致，能够理解他人的不容易，懂得每个人都会偶有疏忽大意这个事实，云淡风轻地一笑而过。

第二种是哪怕内心不悦，但会考虑个人形象，在心中有所衡量，至少不会让对方难堪，在旁人面前拉低自己的修养。

第三种就是既不懂得设身处地地换位思考，也不大考虑个人形象。在他们的世界里，得理就必须不依不饶，甚至还会借此获得一种畸形的满足。

如果一个人可以完全不顾旁人的看法，盛气凌人地处理自己遇到的一丁点儿不公，那么可以推断他的认知与格局肯定是狭隘的。

就好比泼妇骂街，尽管可能对方并没有给她造成多大困扰与伤害，但她又确实有理可依，就完全无法设身处地地去考虑，也不会在内心有所衡量，一番闹腾下来其实失去的更多，而自己又毫无察觉，或者也可以说本就丝毫不在乎。

越是层次低下的人，越容易活在自己的世界里，将眼界与格局压缩到无限狭小。

5

著名心理学家萨提亚曾根据人在沟通中表现出的姿态，划分出五种人格，其中有一种叫作"指责型人格"，就是不顾及他人感受，习惯攻击和批判。

而这种人同时也会伴随着"讨好型人格"。两者之间的切换主要由其所处的环境，或者在面对的关系中所处的地位决定。

部分层次低下的人，通常就会在这两种人格中来回转换，欺软怕硬的小人嘴脸尽显。

子贡曾经问孔子："老师，有没有一个字可以当作终身准则。"

孔子说："恕。"通俗解释就是宽容二字。

一个内心丰盛的人，内心自成汪洋大海，绝不会因为天空掉下一颗沙砾而改变其应有的格局。

很多人都知道得理不饶人这句话，但其实后面还有一句，无理搅三分。习惯性得理不饶人，处处表现得盛气凌人的人，通常有理的时候会将小问题无限放大，但在无理的时候也会垂死狡辩。

中国自古就有"做事留一线，日后好相见"的传统共识。一个人如果仅是因为满足虚幻的自我"存在感"和"表现欲"而不懂得设身处地，凡事都习惯咄咄逼人，不但会暴露自己层次低下的事实，更会给自己的未来设置各种障碍。

曾国藩有一句话说得好：

"今日我以盛气凌人，预想他日人以盛气凌我。"

为什么我不支持异地恋

1

在情感中，异地恋是一个出现频率很高的词。特别是随着通信业的不断发展，以及越来越便利的交通，为异地恋的可行性创造了更好的条件。

我就经常收到一些关于异地恋的情感咨询，大多以在校学生或者刚步入社会的年轻情侣为主。而在这些咨询里，又分为两种情况。

第一种是异地相恋，但两人有着共同的归属。比如初高中同学，上大学后在不同的城市求学。

这种情况我比较支持，只要两人能够处理好异地相恋时候的各种问题，毕业后两人要么去同一座城市奋斗，要么一起落叶归根，回到共同的家乡。

还有一种则是同地相恋，但根源不同，最终面临终身问题的时候，需要以其中一方作为牺牲，不顾一切去对方所在的城市。

这种状况，才是我所认为真正的异地恋。

2

首先，我要讲一个真实的故事，故事也是来源于一个读者，我叫她鑫姐。

2003 年，鑫姐在海南上大三，在一个博客上，经人介绍认识了一个男孩子。

刚聊了一天，男孩便向她表白，说这辈子非她不娶。她第一反应就是感觉太扯了，而且觉得这人极度不靠谱，给她的印象便是那种到处撒网的渣男。她找到介绍人，也就是男生的表哥，在他打包票男生不是那种拈花惹草的人后，她才继续和他聊天。

随着聊天的深入，两人很快便陷入了热恋。那时候，打电话贵，一个月生活费才四百，电话费却直接飙升到三百。但对于热恋的两人来说，这些都不是事儿。

两个月后，男生突然对她说，要去海南看她。男生是内蒙古包头人，一南一北纵跨了中国大半个版图。当时她也没太在意，以为对方只是一句玩笑话，可没几天，男生却突然出现在她学校。

而后发生的事情更是出乎她的意料，男生直接待在了她那边，陪她一起上学，陪她参加各种活动。

对一个热恋中的女孩子来说，有些突兀，但更多的却是感动。

后来撞上"非典"，在校学生都必须封锁隔离。男生对她说："要不我们干脆出去租房子，我不远千里赶过来，却不能和她天天在一起，这对我来说无法接受。"

鑫姐同意了。

鑫姐也是内蒙古人，但从小跟随父母在北京长大，原生家庭的原因让她不愿意回北京。毕业的时候，她想留在海南工作，四年的大学生涯已经让她爱上了那片土地。

但男生对她说："要么你和我一起回包头吧，在这里我们什么都要重新开始，但回到包头什么都有，房子、车子，甚至工作都不需要考虑。"

她又同意了。

3

两人回到包头后，开始的时候一切都好，但随着生活的进行，各种问题便凸显了出来。

两人结婚后，因为家庭条件不错，男生一直没有出去工作，天天在家里玩游戏，而且从不做家务。她每次出差回来，家里就会垃圾成堆。

她发现男生以及婆家对她总是有所防备，她从来没有看到过家里的存款，房产证更是不知道长什么样，而且只要涉及经济问题，他们一家都会背着她讨论。不仅如此，最开始去包头的时候，她母亲给了她一千块钱，被男生发现了，都会跑来质问她钱的来源。

远在北京的父母经常给她打电话，都会对她反复叮嘱："你离家远，父母不在身边，那就要把对方的父母看得比自己的父母还亲，这样以真心换真心。"

但她却没能换回婆婆的喜欢，婆婆反而总是对她各种挑剔，对于自己的儿子却万般宠溺。

2009 年，男生在家里的安排下终于开始工作，这时候她才敢要孩子。都说母凭子贵，但孩子出生后她的处境也没有丝毫好转。

2013 年，有一次在开车的时候，她突然感觉腹部一阵剧痛，随手把一本书夹在安全带与小腹之间后开车去了医院。一检查，肚子里全是泡，医生对她说以后不要过于劳累，也不要动气，这些东西稍微没控制好便会要人命。

她回家后告诉老公，对方却满脸不悦地说："是你自己喜欢生气。"她完全听不出丝毫关心。

后来，两人离了婚，她带着儿子回了北京。

一切都是重新开始，再回首的时候，十年的时光于她而言无异于一场噩梦。

4

简单来看，这仅是遇到了一个不靠谱的男人。但细想之下，造成最后结果的原因却与异地有着密不可分的联系。

当遇人不淑的时候，你知道异地恋最终需要面临什么吗？

第一，选择的余地太少。

如果不是异地结婚，男朋友对自己不好，可以和朋友诉说，听她们的意见；结婚后老公不靠谱，那就经济独立，根据对方的发展伺机而动；婆家不讲理百般刁难，大不了回娘家，和父母唠叨。

而且，实在不行大不了离婚，至少你在第一时间不会彷徨无助，在一座城市辛苦打拼积累起来的人脉资源也不需要放弃。对于青春不再的人来说，一份好的工作与事业绝对可以让人安身立命，也足以支撑你更快地重新开始。

第二，反抗的资本不足。

永远不要忽略人性，很多时候，一个人的软弱非但换不回对方的同情，反而只会招来对方的反感与不屑，甚至变成变本加厉的侵犯，因为对方笃定你没有反抗的资本。

而造成这种软弱的原因，同样是因为异地恋。远离亲人父母，远离朋友，少了很多鼓励，甚至不敢诉说，只能选择一个人默默承受。

有朋友做依靠，有父母亲人做后盾，对方也会收敛很多。因为对方正是笃定了自己远离家乡，没有选择，只能忍气吞声。所以才会肆无忌惮，变本加厉。

第三，放弃的成本太高。

比如鑫姐，其实在结婚前，她已经发现了男生以及对方家人的各种问题，可她还是无法决绝离开，一次次给予对方机会，也给自己编造各种继续的理由：

我们现在还没结婚，结完婚应该会更懂得体谅我；

我们还没要孩子，等想要孩子的时候，他应该会收敛很多；

与婆家相处的时间还不够，等相处久了自然就会以心换心，看到自己的好。

其实她自己比谁都明白，这种一厢情愿的希冀其实是虚无缥缈的。而这又何尝不是一种无奈，因为放弃的成本太高，青春的流逝，情感的投入，事业人脉的积累。在这种患得患失的思维里不自觉便降低了自己的承受底线。

5

也许有些人会说："可是我相信他，也相信我们的爱情。"

可是，任何以爱情作为依仗的赌博，大部分都会一败涂地。它只能是你选择的前提，但却无法成为你获取胜利的保障。因为以后你要面对的不再是单一的爱情，而是一个大家庭，甚至是大家族各种复杂情感的结合。

异地恋，对于牺牲的一方来说无异于赌博，赌对方足够好，赌对方的家庭足够明事理。无法否认，有些人赌对了，守护了爱情，也赢得了婚姻，但还有很多人却输得一无所有。

而这些，其实真的是可以避免的。

都说爱情来临的时候无法阻挡，确实如此，但相对于漫长的人生而言，爱情却又显得多么微不足道。

永远不要高估一段感情对人生的影响，也永远不要低估时间的力量。很多情感，当时你觉得无法放弃，可多年以后再回头，却发现不值一提。

6

当然，如果你深陷一段感情，你对他也是万分笃定，并且已经决定好了誓死相随。那也希望你先尝试做到以下几点：

首先，不欺骗自己，相信自己的直觉。永远坚信一个道理，别看一个人有多好，只看他有多坏。好可以装，但生活中透露出来的坏，却是一个人骨子里的直接映射，很难变好，只可能越来越坏。

其次，多了解他的家人。最好能够相处一段时间，仔细发现生活中的细枝末节。而且家风很重要，原生家庭对一个人的影响也是无法忽略的。

对他周围的亲人有大致的了解。虽然说爱情是你们两个人的事情，结婚也只是你们一家子人的事情，但周围的亲人影响不了他，却可以影响他的父母。

最后，多和父母沟通，适当听取他们的意见。除了适当接受他们的情感指导外，更多的是你要倾听一下他们的想法，体会一下他们的感受。

有一句话叫作："你养我长大，我陪你变老。"

这句话不应该是父母的诉求，而是为人子女应有的觉悟。他们不同意，情有可原；他们同意了，那意味着这是他们下半辈子最大的牺牲。

人生有很多事情是无法选择的，但也有很多事情是看似无法选择，实际却只是因为自己囿于某一段时期的眼界格局，沉沦在一段感情里无法自拔，不愿意做出其他选择。

虽然每段情感各不相同，爱情更只是两人之间的事情，如人饮水，冷暖自知，但就我个人理性而言，我真的不支持异地恋。

可若木已成舟，那我也祝你幸福。

你死不放手的样子真难看

1

某天晚上，我准备睡觉的时候，习惯性刷了下微信朋友圈，有条消息特别显眼：

"明天我就要去见男友了，一个很远的地方。"

人家都是跑我这诉苦，就你跑来秀恩爱。我极力保持着作者应有的风度以及单身狗含泪的倔强："恭喜你，想起一首歌——《我到外地去看你》。"

她说："歌挺好听的，就是结局不好。可能这也是我们的结局。"隔了一会儿她又说，"准确讲我是去接受判决，张掖到郑州，24 小时的火车，去接受一个已经知道结局的判决。"

我在脑海中大致想了下两地的距离，确实挺远的。

当时，我挺困的，就说："如果你觉得难受就留言吧，当我是树洞也好，情感驿站也行，反正别拿我当人，因为可能不会回复你。"

然后打开手机飞行模式，睡觉。

第二天醒来，打开手机发现这姑娘的未读消息有十几条，很长的那种，洋洋洒洒加起来估计得上千字了。

从头到尾大致浏览了一下，讲真，情感破事见过很多，各种花样的都有，但这么虐、这么执着的，确实是头一次。

2

两人在一起一年不到，但这已经是这段感情半年内的第三次分手危机了。

前两次男生都是说累了，最后都在她的极力挽留下得以继续。

而这一次，男生直接告诉她不爱了，找不到最开始时候的感觉了。最重要的是，他已经喜欢上了别人。

两个人在电话里谈了很久，当然，更多的是她的哭诉与男生的沉默。最后无论男生怎么劝说，她都执意买了一张第二天下午三点的火车票，到达郑州刚好能赶上情人节。

我看了都觉得挺闹心的，整个上午给她讲了很多。最后她还是坚持要过去一趟。

我说："也行吧，毕竟在一起这么久，当面说分手比较有仪式感。"

她说："到了后我给你直播哈。"

我说："得了，别直播了，我也挺忙的，祝你幸福。"

晚上的时候，她又发了很多消息，有她的顾虑，有她和男友的即时聊天记录。后面的消息全是一个劲地追问："他是不是彻底变心了？还有一点可能吗？你能帮我想点方法吗？"

我都没有回，我觉得该说的都说了。

后来她直接发起语音聊天。对于这种很不礼貌的行为，我真的有些生气，正准备直接拉黑，她又发了消息过来不停道歉，说自己现在好绝望，在火车上像个傻子一样哭。

我只得又安慰了她一会儿，才终于得以解放。

3

有段时间，网络上先是被左先生和右先生刷屏，后来又被左小姐与右小姐淹没。

我想这姑娘可能就是极端版的右小姐了吧，而男生则是进化版的左先生。男生比左先生多了一点决绝，女生又比右小姐多了一份卑微。

生活中这样的情感事例屡见不鲜。

一方绞尽脑汁地寻求解脱，一方想方设法地极力挽留。

爱情最无奈的地方就是开始的时候需要两个人的共同决定，可分开的时候却只需一个人放手。而很多陷进去的人却总是喜欢用自己的方式一意孤行，哪怕明明知道这段感情已经行至悬崖，却仍然选择抱着不放，甚至随它一起跌落深渊。

有时候想，为什么很多人宁可将自己卑微到尘埃里，也不愿放手一个已经不爱的人？

有人说是因为舍不得，无法承受对方离开的痛楚。

但为什么就不能思考一下，面对一个去意已绝的人，你再哭天喊地，痛哭流涕，即便最后得以继续，但这样挽留得来的爱情，非但不长久，恐怕也背离了其原有的意义。

4

关于爱情，罗素有一句话非常好："爱情只有当它是自由自在时，才会叶茂花繁。认为爱情是某种义务的思想只能置爱情于死地。只消一句话：你应当爱某个人，就足以使你对这个人恨之入骨。"

爱是自由的，所有被一方主观强行捆绑的爱情都是悲剧。

面对一段感情，如果你觉得它就是你这辈子的心之所向，那么在一起的时候就用力珍惜，离去的时候也可以尝试挽留。但如果发现最后变成了一场独角戏，更加不应该强求。

爱你的人，你难过的时候，他也会跟着难过，你流出的眼泪也总能恰到好处地滴落在他心上。

而不爱的时候，他看到的只能是你红肿的眼睛、哭花的妆容，落在他眼里不但没有了心疼，而且可能还会多了一种无名的反感。

人生本就没那么完美，你喜欢的人不一定会喜欢你，你想要的长久也可能是对方的羁绊。爱情没有契约，任何付出都要做好付诸东流的准备。最好的状态是来时满心欢喜，离去亦不强求。

明白一个道理吧，挽留一个去意已绝的人无异于在泥沼中前行，跑得越快，陷得越深。再记住一个现实吧，你死不放手的样子真的很难看。

不要难过了，也不要挽留了，余生还很长。你要永怀那颗明晃晃的灵魂，越过荒野，蹚过急流，有生之年，欣喜相逢。

敬往事一杯酒，再爱也不回头。

寄前路一曲歌，深情且永无休。

真正的友谊，从来都不贵

1

和表妹聊天的时候，她问我："你说现在交朋友的成本是不是太高了？

谈到成本，我理所当然地想到了男女朋友。

我说："恋爱这种事情吧，和钱多钱少其实没太大关系，两人相处开心就好。再说，对方总不至于要你一个姑娘给他倒贴吧？"

她白了我一眼，煞有介事地感慨了一句："现在谈朋友可比处对象难多了。"

去年，表妹毕业参加工作，面试的时候认识了一姑娘。两人同时参加面试，最后又是同时入职。

因为年纪相仿，又同是初入职场，所以她们的关系一直很好，甚至最后合租在一起。都说职场无朋友，表妹一度觉得自己非常幸运。

可前不久发生的一件事却让她失望透顶。

表妹所在的公司不大，名义上是会计岗位，但大事小事，包括每月的考勤总结她都一并参与。而那姑娘近一个月考勤不够理想，所以她想要表妹在月底提交考勤表的时候，帮她划掉几次。

这种事情，一旦发现肯定立马开除。更主要的是这已经上升到了职业道德层面，城市行业圈子就这么大，弄不好会直接影响她的名声。

表妹表示了拒绝，而后又半玩笑半认真地说："如果你被辞，找工作的日子，我来养你。"

那姑娘并没有说话，而是黑着脸离开了，后来又发了一条朋友圈，指桑骂槐地表示表妹不够朋友。

这让表妹觉得受伤的同时，又十分委屈。

最后她自嘲一句："可能是我太天真了，友谊这种东西，总是伴随着利益，一般人真的要不起。"

太贵了。

2

生活中，获得一个朋友的成本有多高？

很简单。

换一份工作，通讯录里便多了一排号码。随便参加一次朋友聚会，微信里就多了几个好友。

但问题是，朋友越来越多，能交心的却越来越少。简单点说，就是质量与数量越来越不成正比。

甚至因为社会发展的加速，生活的重压让友谊越来越被物化，被拿来与实用性挂钩。说得好听点，叫资源整合，其实质就是以利交友。而且不得不说，现在所谓的朋友关系太脆弱了。

对方发个消息你忘记回复了，友谊破裂；你不主动频繁联系，友谊破裂；对方有事你帮不上忙，友谊破裂；你帮忙了但不及时，还是友谊破裂……反正就是各种一言不合就断交。

曾听一个读者吐槽。

她有个闺密，性格比较强势。每次对方有事找她，总需要她立即回应。一旦忘记回复，对方就会很不开心。

她一直认为朋友之间总有一方去迁就，所以也没觉得有多不妥。

直到上次，闺密和男友分手了。

开始，闺密给她打电话的时候，她百般安慰，甚至已经决定周末休假立马过去陪她。

周五的时候，仍在失恋状态的闺密给她发了几条信息。因为比较忙，她自然也没时间注意手机，所以也未及时回复。

等忙完事情已临近下班，拿起手机，发现闺密已经给她发了绝交信。

发消息过去，显示已被拉黑。

本想打电话过去解释一下，但她突然发现自己总是过于软弱，这段友谊总需要靠不断委屈自己来小心翼翼地维持。

她第一次开始审视这段友谊存在的必要性。

最后，她摁断了电话，将对方直接拉黑。

3

当下社会的开放性，决定了社交变得更加简易而又多元化。

但这也让大家对朋友的理解，更多地游离在社交性质的范畴。其实，这种友谊最多算是一种表面上的朋友关系。

它会因为利益而相交，同样也会因为利益而相离。

所以我们总觉得交友很难，维持一段友谊的代价更是太高。究其原因，其实只是因为我们误解了友谊的定义。

真正的友谊，从来都不是资源等价，更不需要去刻意经营。

大志是我的高中同学，两人刚结识便一见如故，用老师的话说就是臭味相投。大志高中未毕业，便在家人的安排下参了军。

我上大学的时候，他在部队。他结婚的时候，我还未毕业。当他把结婚消息告诉我的时候，第一句话便是让我不要随份子。

因为他知道我还在上学，没有经济能力。而我也不觉得有多扭捏，开心地参加了人生第一场婚礼。

其实想想，我和大志都不是那种喜欢频繁联系的人。

他在部队的两年时间，手机都玩不了几次，更别说上网，所以联系甚少。后来他退伍回家参加工作，我们也只是有时间才小聚。看到对方的朋友圈，也是点赞随心，有兴趣就评论调侃几句。

在工作上，我们更是没有任何交集，所以也不存在任何利益纠缠。

但这丝毫未影响到我们之间的友谊。

大志于我而言，就是一种无负担的精神寄托，开心的时候可以分享，难过的时候拥有力量。

这样的友谊，源于一种三观同频的默契。

4

中国自古有一句老话"君子之交淡如水"，就是说朋友之间的关系，应该是不苛求，不强迫，不嫉妒，不黏人，更不因利益驱使。这就是古人对于友谊的最高诠释。

同样，关于朋友，厦大一位教授亦讲过这样一段话："我们之所以交朋友并不是为了要利用他，也不是因为在我们需要安慰的时候用他，更不是因为我们需要一个宣泄渠道。朋友不是为了索取，相反是为了奉献。你之所以要交朋友，不是为了被爱，而是想要去爱别人。因为这个人让你感受到了精神上从未有过的默契感。"

用她的一句话总结便是："真正的朋友都是无用的。"

刀光剑影的职场，汲汲营营的生活，让我们逐渐模糊了一个事实：三观的默契，精神的高度契合，才是维持友谊健康长久的唯一钥匙。

一段正确的友谊，从不应以价值来衡量，也不会让你因维持代价太高而感觉如履薄冰，更不会让你因疲于应付而感觉很累。

因为真正的朋友，从来都不贵。